中公文庫

ショローの女

伊藤比呂美

中央公論新社

目次

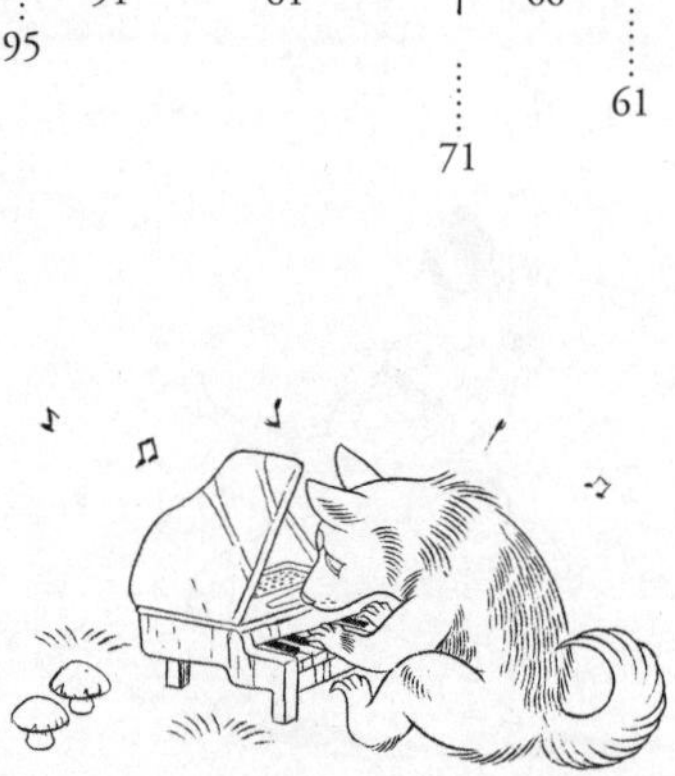

ショローの女

皺の手でちぎるこんにゃく盆の入り

今は日本にいる。熊本に住んでいる。三歳の雄犬のクレイマーと暮らしている。そして早稲田大学で教えている。早稲田は東京の新宿区にある。そして、こんにゃくにハマっている。

ちょっと待て、先を急ぐな。

この数年間、太平洋の往復をさんざんやってきたから、あれに比べたらチョロいだろうと思って、週一で熊本―東京間を通勤し始めた。そしたらこれがどうして、チョロくなかった。つらかった。三十二歳や四十二歳ならともかく六十二歳だ。あちこちにガタが来ている。

なにしろ羽田から早稲田までが遠いのだ。

空港内はエスカレータがあるから、なんとかなる。浜松町駅に至るとそれがなくなる。早稲田から羽田に戻るときは、もうあきらめて別ルート、地下鉄の東西線、浅草線と乗り継いで京急線に乗り入れて空港に行く。でも羽田から早稲田に行くときは、階段は下りだけだから強行する。昔からモノレールに乗っていたから、モノレールに乗らないと、東京に来た気がしない。浜松町、大門、日本橋と地下鉄を乗り継いで、さて東西線の早稲田駅に着いて、上に出ようとすると、エスカレータがない。一歩一歩、重たい足をひきずるようにして、そこをのぼっていく。若い人たちがキラキラする。かれらにまじってキャンパスにたどり着くと、門のところから、大きな長い坂が、まるで空に達するかのように、せりあがっている。

その坂の頂上に研究室のある十数階の建物が建っている。いったん入ったら下界に降りたくないから、早稲田の地下鉄を出たところのコンビニで、一日分の食糧と飲み物を買い込んでいく。

子どもの頃、あたしはかなりな偏食で、決まったものしか食べなかった。おとなになる直前に摂食障害を経験し、七〇年代の東京のど真ん中で、あたしは、荒れ果てた戦地の子どもみたいに飢えていた。それで偏食は直って、好き嫌いはなくなってなんでも食べられるようになり（といっても食べないから摂食障害だったのだが）、家族ができたらさらになんでも食べることになり、そして家族がいなくなった今、五歳や六歳の頃の偏食に、ちゃんと戻れたような気がする。

毎週火曜日、お昼前に、早稲田のファミマで、和風ツナマヨのおむすび数個と牛乳とゆで卵とチョコレートとモンスターエナジーを買い込む初老《ショロー》の女がいれば、それはあたしだ。

クリームパンはいまだに好きだが、食べたいクリームパンがファミマにないので買わないだけだ。前に大好きだったヤマザキの薄皮クリームパンに似たやつならあるが、微妙に違う……。ここにも偏食者のこだわりがある。

火曜日の早朝の始発便で東京に行って、早稲田に直行し、夜遅く、親友枝元なほみ、四十数年前に「ねこちゃん」と紹介されて以来、ねこちゃんと呼んでいるのだが、一人暮らししている彼女の家に転がり込み、また早朝、早稲田に直行し、水曜日の最終便で熊本に帰る。

こうまでして熊本に帰るのは、クレイマーがいるからである。クレイマーはジャーマン・シェパードとベルジアン・シェパードのミックスらしい。らしいというのは、保護犬だからで、あたしは七か月のときにクレイマーを保護施設から引き取ってきた。日本に帰ることがきまったときにも、煩雑きわまりない検疫の手続きをぜんぶやりおおせて、いっしょに連れて帰ってきた。

月曜日の夕方に、クレイマーを古い友人の家で預かってもらう。そこんちにも犬がいる。クレイマーは、あっという間にこの新しい人と犬と家に慣れた。友人の犬は賢くて強気な中年のボーダーコリーで、他の犬に友好的ではない。だからクレイマーに会うたびにううううとうなり、追い散らそうとし、若くて弱気なクレイマーは尻尾を巻いて追い散らされているが、数分後にはいっしょに仲良く走るのである。水曜の夜、空港からの帰り道に友人の家に寄ってクレイマーを受け取る。木・金・土・日・月と、クレイマーとふたりで暮らす。それで、こんにゃくの話になる。

熊本にいる間は自炊している。週一で大鍋に野菜たっぷり、鶏肉入りの煮物をつくり、鶏肉はクレイマーにやり、あたしは野菜を食べつづける。あとは生卵かけごはんや買ってきた揚げ物を食べるから、これで健康が保たれるかどうか、いまいちわからない。

近所のスーパーはJAがやっている。それで、野菜に生産者の名前の書いたラベルが貼ってある。日本に帰ってきたばかりの頃は、田中さんの小松菜や佐藤さんのキャベツを買っていたが、季節が変わって、今は緒方さんや中村さんの茄子だ。

偏食だった子どもの頃から、茄子だけは好きで、どんな茄子でも文句を言わずに食べた。今はざく切りにして、鶏肉を入れて、白だしの薄味で煮るんだが、ある日、そこに入れたこんにゃくが、衝撃のウマさであったのである。

水本さんの手造り生芋こんにゃくで、二百円で、丸くてほかほかと温かい。手でちぎると、殺したての生き物のような気がする。生き物だけど植物に近く、不思議に透明で、ちっとも血なまぐさくない、血なんかひとったらしも出ない体内に手をつっこんで、さばいているような感触さえある。

今までずっと不思議に思っていたのだった。カロリーを得るのもたいへんだった大昔に、なぜこんにゃくのような、カロリーの無いものを、わざわざカロリーを消費して、手間ひまかけて作って食べたんだろうと。

しかし今その理由がわかった。昔の人が食べていたこんにゃくは、まさにこの水本さんのこんにゃくみたいなこんにゃくで、スーパーで安売りしてるような、四角い規格品の冷たいやつとは違い、殺したての肉か魚に食らいつくときの快感が再現できるような、血の滴《したた》るような、なまなましい食べ物だったのだ。

こんなこんにゃく、カリフォルニアの日系スーパーではけっして手に入らなかった。やっぱり日本に帰ってきてよかったと、買うたび、食べるたびに感動しながら、茄子とこんにゃくと鶏肉の煮たのを木曜日に作って、金、土、日と食べつづけ、まだ大丈夫かなとニオイを嗅ぎつつ、月曜日に食べ終えて、容れ物を洗って、火曜日に出勤というパターンで暮らしているのであった。

もういうなわかっておるわ「暑い」だろう

カリフォルニアは暑かった。ふだんはさわやかな常春《とこはる》なんだが、ときどき砂漠から熱風が吹いて、何もかも干上がって揮発するような暑さに見舞われた。そのときの体感温度は日本の夏よりずっと暑くて、五十度くらいあるかと思ったが、気温を見ると三十度ちょい。不気味だった。信じられなかった。日本の真夏は三十度ならむしろ過ごしやすい。三十六度や三十七度になると、最近は頻繁にそうなるのだが、高温に加えて高湿で、全身に油をぬりたくられたような感じで、へたな人に揚げられてぺちょっとなっちゃった天ぷらのようで、夕立の前後など息もできない。

盛夏の頃、熱中症になりかけた。

いつもクレイマーと歩く道を、午前中ではあったが、いつもより三十分ぐらい遅く、つまりいつもより太陽の照りつけるときに歩いた。一人じゃなくて、ちょっと遠くから来た友人といっしょだった。

いつもあたしが歩いている道を見たいと言うもんだから、得意になって、これが夜に咲くカラスウリの藪《やぶ》、これが日没になるとツバメの集まる池などと教えながら歩いた。クレイマーは十分おきに川に飛び込んでいたし、人間も木陰があれば入り、水飲み場があれば水を飲み、川の水にタオルを浸してしぼって首に巻いたりもした。日傘だってさしていたのだ。でも一人で歩いていたらとっくに帰っていた暑さだったのに、友人としゃべりながら歩いたから、つい、限界を越したのに気がつかなかった。

汗がこれでもかこれでもかというほど出た。ズンバを二時間やりつづけた後みたいに、深呼吸をしないではいられなかった。

友人と別れて家に帰ったときには、頬が火照りあがり、くまモンとかアンパンマンとか、そんなほっぺたになっていて、冷房にあたっても、冷たい水を飲んでも、シャワーを浴びても消えなかった。

そのときに、なんか変だ、ふつうはこんなにくまモンやアンパンマンみたいにならないと気がつけばよかったんだが、気づかず、あたしはそのまま外に出かけた。その後、人前で座談会みたいなことをする仕事が入っていたのである。

そういうときは気が張ってテンションが高くなってるから、さらに何にも気づかなかった。打ち合わせで出してもらった冷たい麦茶を、あたしばかりごくごく飲んでるなあと思いながら、おかわりし、おかわりし、またおかわりし、座談会の最中は、前に置かれたボトルの水を飲み干した（他の人たちは口をつけたくらいだった）。

それから打ち上げの居酒屋へ、自分の車で移動したのだが、そのときにはもう全身に重りが貼りつけられたみたいになっていて、運転していても眠くてたまらず、駐車場から居酒屋へ歩くのもかったるくてたまらず、居酒屋へ入って席に座ったときには、口をきくのもいやなくらいドンヨリとしており、人に話しかけられても生返事で、ノンアルコールビールを二本ぐびぐびと飲み干し、それから黙々と、出てきたからあげを食べ、またからあげを食べ、その日は車だったから、ひたすら水を注文しつづけた。

なぜからあげ？

大好きなんですよ。アメリカにはなかった日本のメニューで。

水は何杯飲んだか分からない。その居酒屋は飲み放題というルールで、つまりいろんな人がそれぞれに「飲み放題メニュー」に書いてある飲み物を注文していたのだが、あたしは水しか飲みたくなかった。十杯くらい水を飲み、十杯分のグラスに入っていた氷をがりがり嚙み砕いて食べた。そのときには、これはもしかしたら熱中症じゃないかということに気がついていた。

こないだ別の友人が熱中症になりかけ、そのときに経口補水液というのを飲んだらたちまち元気になったと言ってたのを思い出したが、居酒屋の飲み放題メニューには、あいにくと経口補水液がなかったのである。

数年前、枝元ねこちゃんに連れられて某レストランに行って、ふしぎなものを食べた。低温で調理されたステーキで、レアだった。ところが切っても血が出てこない。

口に含めばまったりと全体に火が通っているような感じで、生な部分は一切なく、どんな生肉よりやわらかい。肉がぽつんと、時空間の中に置き去りにされたみたいな食感だった。今までによそで食べたレア肉は、じゅくじゅくと血が滴る野蛮な食べものだったと考えた……というのをふと思い出した。つまり、あたしの肉は、今、あんな感じかと考えたのだ。三十六度、三十七度は、気温的には高温だが、調理用の火としては最低温。それでじっくり火を通されたというか。

肉でも野菜でも卵でも、いったん火を通したら、もう生肉や生野菜や生卵には戻らない。アルコール依存とはぬか漬けのようなもので、もう生のきゅうりには戻れないというが、熱中症もそんな感じかもしれない。あたしはもう、生体には戻れないような気がした。

日中に外に出て、五分もしないうちにクレイマーの頭を触ると、ものすごく熱くなっている。毛皮を着込んでいるというだけでも暑いだろうに、犬というのは体温の調節がうまくできないそうで、それで舌を出してはあはあやってるんだそうだ。

いつも歩く河原の道は、堤防の上や橋の上で、ところどころ舗装されている。その上を歩くときは、あたしもはだしになる。クレイマーの足の裏とあたしの足の裏とじゃ感度が違うだろうが、とりあえず、どのぐらい熱いか、灼《や》けるか、確かめながら歩く。

しみつきのマットレス敷く露の秋

熊本に帰って住み始めて、まず最初に植物を買った。

れいのこんにゃくを買うスーパーには園芸コーナーがあり、観葉植物の鉢植えを生産者の名札つきで売っている。

佐々木さんのモンステラ、楠本さんのポトスやスパシフィラム、大木さんのカラテアやマランタ。小林さんのビカクシダ、タマシダ、アジアンタム。ベゴニアは植木さんで、普通の木立ベゴニアや、ちょっとめずらしいウェノサやマソニアナも買った。

あたしは室内観葉植物については、くわしいどころじゃない、マニアなのだった。カリフォルニアの家には、明るい日陰のタイル敷きのスペースがあり、あたしはそこで観葉植物を育てた。園芸熱の嵩じたときは二百鉢を超えたものだ。娘たちに手がかからなくなり、親が衰えて日本との行ったり来たりが始まる直前だった。行ったり来たりが始まると、植物に目が行き届かなくなって、少しずつ減っていった。

植物がないと自分ちではないような気がして、それで鉢植えをどんどん買い込んだ。さいわい熊本の家にはハメ殺しの大窓があり、窓ぎわは明るくて直射日光は差し込まず、観葉植物には持ってこいの場所なのだった。植物が増えるにしたがって、どんどん、自分のテリトリーらしくなってきた。

そこで必要になったのが、鉢植えの下に敷くプラスチックの受け皿。高いものじゃないですよ。どちらかというと安いものだ。百円ショップにさえ売っている。買いかけて、思いとどまった。将来を考えたのだ。

三年経ったら、早稲田大学との契約が切れるから、カリフォルニアに帰るかもしれない。そのときどうする。

このまま日本に居続けるかもしれないが、それでも二十年くらいしたら死ぬわけで、そしたらどうする。

娘たちがカリフォルニアからやってきて適当に片づけ、あたしが親の家にやったみたいに、家のドアをばたんと閉じて、あとは片づけ業者にまかせるんだろうが、そう考えはじめると、何につけても、新規購入を決断できない。

それであたしは、二十数年間、ほとんど使われずに置いてあったふだん使いのお皿を受け皿に使い始めた。前はもっとあったが、地震でだいぶ欠けた。そうやって使い始めてみたら、なにもプラ皿でなくてもよかったのだという根本のところに気がついた。

それで、昔、家族で使っていたポーランド製の食器をおろした。ポーランドで、前夫とあたしが結婚式をしたときに人から贈られた、白地に青い花柄の食器セット。使っているうちに一つ欠け二つ欠けて、もういくつも残っていない。

それから今度は、母の使っていたお客さん用もおろした。いい感じの備前焼とか、誰かの結婚式の引き出物でもらった美濃焼とか。四十年くらい前、母がそれを取り出してていねいに使ってまたしまうのを見ていたのだ。それで、親の家を処分するときに救い出してきた。

なんだか思い出があるような、ないような、品物ばかりである。

もう一つ、植物には関係ないが、必要になったのがクレイマーのベッドだった。

どんな品物も、取っとかないで使っちゃえばいいんだということに気がついたあたしは、押し入れから、昔家族で使っていたマットレスを出してきて、家族で使っていたタオルケットでくるんでみたら、いい具合の犬ベッドになった。

どんなに厳重にくるんでも、たちまち全体に犬の体臭がしみこんで、人間さまは使えなくなるなあと考えながら、そうしたのだった。

夫婦と子ども二人の四人家族だったから、マットレスは四枚あった。買ったときは、いくらだったか忘れたが、すごく高かった。でも薄くて堅くて寝心地がよくて、それを敷いて子どもたちは寝ていたし、夫も寝ていた。いや、そこじゃなくて、別の部屋に寝ていたかもしれない。もう家族は壊れかけていて、家族の解体、離散を考え始めた頃だったのである。それなのに、なぜそんなに高いマットレスを買ったのかといえば、よくわからないのだ。

衝動買いといえばそれまでだが、なんでその衝動があたしの心の中にわき上がったのか。そして決行したのか。それについては、一家離散した後に、何度も考えた。やがて無くなる家庭なのに、それを買うことで、しかもきっちり人数分買うことで、たしかに四人いたと確認したかったのかなあと、離散した後になっても度々考えた。

一家離散してそれぞれ熊本を離れた後も、毎年夏になると、あたしはカリフォルニアから子ども連れで帰ってきて、それを敷いてみんなで寝た。いなくなった前夫のマットレスは新しく生まれたトメが使った。小さい身体でおとな用の一枚にのびのびと寝ていたものだ。

そういえば、それを買った頃に長女のカノコに月経が始まったのだった。それでカノコはなんども、寝ている間に経血のしみを作った。次女のサラ子の初潮はカリフォルニアに渡ってから始まった。帰ってきた夏の間に、カノコもサラ子もしみを作った。古い血の古いしみは血の色ともいえない色だが、それでも血の色しかああいう色にならない色だ。そのしみを使い古しのタオルケットでくるんで、その上に、今、クレイマーが寝ている。

バンビロコウ水面にうつる月の影

今年は靴が合わなかった。

アメリカで買って数年履きつづけた夏用のサンダルが、ついに破けた。それで新しいサンダルを買ったのだが、どうも合わない。しかたがないからまた買ったが、また合わない。また買ってまた合わない。肌の露出するサンダルなのに足が痛い。ということが三足つづいた。それで、履き古した泥まみれの散歩用を洗い上げて、夏中履いていたのだった。

夏も終わりだなと思い始めた頃、新しい靴が必要になった。北欧の旅（仕事です）が迫ったのだった。日本はまだ三十五度とか三十六度だったから、春頃に履いていたブーツを履く気にならなかった。夏の直前まで履いていたスニーカーは、下駄箱から出してみたらすっかりつぶれて小汚かった。それで町に買いに走って、いいものをみつけた。トリッペンというブランドで、ばかに高かったが、ばかに履きやすかった。

しかしながら、「新しい靴を履いて旅に出るな」は旅の基本である。

買ったのが出発の前日で、ばかに履きやすかったから、安心して、そのまま旅に出た。飛行機に乗って降りて羽田を渡り歩き、飛行機に乗って降りて、乗り換えてまた乗ってとやってるうちに、どんどん痛くなってきて、コペンハーゲンのホテルについたときは、歩くのもつらいくらいになっていたのだった。見れば右足の小指が赤くすり剝けている。それでそこをバンドエイドの三枚重ねで手当して、旅行中はなんとかしのいだ。

あたしは子どものときから「ばんびろ」だった。ハシビロコウみたいだが、幅広と書くんだと思う。プールサイドで「トッペ（そう呼ばれていた）の足ってカモの足みたい」と言われたのが小学校のとき。それ以来変わってない。自覚していたから、若い女だったときも先の細い靴は履かず、ヒールは五センチまでだった。それでも靴を買うたびに、靴ずれして泣いたものだ。

この数年、いや十数年かも、冬は乗馬ブーツか編み上げブーツで、夏はマサイシューズ型のサンダルだった。それぞれ何足か履きつぶした。スニーカーはズンバ用に頻繁に買い換えるから、それを順次、犬の散歩用におろした。W（日本でいう2Eや3E）を目当てに買えば、何の問題もなかった。

それがいきなり、今年は、何を履いても痛いばかり。そして、この靴はバカ高かったからあきらめ切れない。トリッペンの店に行って相談してみようと思いつつ、その前に、かしこくも、「足指、靴、痛い」で検索してみた。そしたら前々から聞いて知ってはいた、でも自分の問題だとはついぞ思わなかった問題が出てきたのであった。外反母趾である。

なんと。自分の足のかたちが、そこにあった写真とそっくりだった。そしてあたしには外反母趾のついでに内反小趾もあるようだった。それで小指が痛いのだった。あたしの足はまだ「軽症の外反母趾」という範疇《はんちゅう》に入るようだが、「重症の外反母趾」はおそろしく見覚えがあった。誰あろう、二年前に死んだ夫である。いっしょに暮らした二十数年、ずいぶん前から「おれの足にはなんとか（と英語で言いつつ）があるから、なかなか合う靴がない」と嘆いていた。ほーほーとうなずきはしたものの頭の中でスルーした。そのなんとかが外反母趾だったのだ。お互い、自分の着るもの履くもの、自分の洗濯についても、不可侵条約、みたいなものを結んでいたのだった。

古い西洋人の靴の履き方は、あたしたちの靴の履き方とはだいぶ違う。朝ベッドから出て着替えて、最後に靴を履いてひもを固く結ぶ。そしたらそのまま、夜更けてまたベッドに帰ってくるまで、ぜったいに脱がない。脱いだらもうベッドの中だったたから、夫のハダシの足の状態にはとんと気づかぬまま二十数年、気がついたときには末期的になっていた。

あるとき、夫が、「この頃かがめなくなって爪が切れなくなった」と言うから、切ってあげようかと申し出ると、うれしそうに受け入れた。ところがそのとき、まじまじと見て驚いた。夫の爪は爪に見えず、爪というよりくずれやすい白い土のようで、モロモロに盛りあがり、どこが爪だか、どこが肉だか、わからなくなっていたのだった。日本語なら「肥厚爪」と呼ばれる症状だということは、後で知った。

あたしは大小の爪切りとやすりを用意して、夫の足全体をお湯に浸けてふやかし、象みたいにむくみあがった足を抱え込み（このむくみはまた別の内臓的問題によるものだった）、モロモロに盛りあがった爪らしいものの外郭を、爪切りでたんねんにつまみ切っていき、それから今度はやすりを使ってたんねんに磨り減らし、それからまた爪切り、またやすり、と交互に工夫しつつ、少しずつ爪の本質的な存在に近づいていったのである。

夫はふだんろくにお風呂に入らなくなっていたから（カリフォルニアだからそれもできた。手伝うよと言っても、いやいい、と断られた）、お湯に浸すや、踵がぶわぁっとふやけてほろほろと垢が落ちた。その足先が、今から思えば外反母趾の劇症なやつで、激しくゆがんでいたのだった。

外反母趾、夫のが伝染《うつ》ったかと一瞬思ったが、そんなわけはない。これもまたあたしの老化、加齢、そのかたちなんだろうから、受け入れるしかないと思いつつ、あたしは外反母趾と内反小趾の矯正器具を、たった今、Amazonで注文したところだ。

晩夏過《ズンバ》ぎて顔も体もしぼみけり

ズンバはどうしたと、みなさんに聞かれるのである。

日本に帰る前は、近所のジムに通ってズンバしまくりと目論《もくろ》んでいた。

そしてそのとおり通い始めたが、大学が始まったらまったく余裕がなくなり、今ここで一時間ズンバ行くのと仕事するのとどっちかと毎回考えて、いつも仕事を取り、何か月間も行かずに会費だけ払い続けてついにやめた。コロナ禍の直前だった。

これはまだズンバに通っていた頃の話。

クラスには、同じ集合住宅に住む同世代のAさんも通っていた。何十年も知っている心安い人と、並んでズンバやって楽しかったねーと言いながら別々に帰るのは、カリフォルニアでは味わえなかった楽しさだったのだが。

とにかく、なにしろズンバが違った。驚くくらい違った。

ズンバの基本は、筋トレと骨盤底筋体操（腰を回す、恥骨まわりの筋肉を前後に動かす）だ。それがラテンのノリで高速で繰り出されてくる。腰を回すのは性的な動作にすごく似ている。おかしいくらい股を開く。そんな動作をためらわずにエクササイズと開き直って思いっきり動くのがズンバだ。動きがきっちりできなくても、誰にもなんにも言われない。そのなんでもアリなところも楽しかった。先生も女で、生徒も女で、女のサークルの中の女の動きやつきあい方が女的にめっちゃ気楽で、発見が多くて、フェミニズムの理想的なかたちにも思えて、あたしはずぶずぶとハマっていったのだった。

ところが、熊本で驚いたのが、インストラクターに若い男が多いこと。生徒も男が多いこと。日本の若い男は、アメリカの若くない女とも違うが、アメリカの若い男ともぜんぜん違う。ムキムキじゃなく、やせていて、ジャニーズやフィギュアスケーターのような感じの若い男たちで、かわいい系もいれば、きれい系もちょいワル系もイロイロいて、違う意味で、ちょっとうれしくないこともない。

若い男の先生たちの踊るズンバには、サルサもルンバもクンビアも（みんな南米由来のダンスです）なく、腰を回すのもケーゲル運動もない。むしろJポップ的で、そっちの意味で、先生たちの動きはキレッキレ。そしてクラスが終わると、入り口のところで膝をついて一人一人を見上げ、ハイファイブをして送り出してくれる（コロナ前の話であります）。

カリフォルニアじゃ考えられないくらいのサービスだが、もったいないことに、日本のズンバする中年・初老の女たちは、こういうときに据え膳（というほどのことではないが）を食う度胸がない。先生の手のひらに指先でちょっと触れたり、あるいはおずおずと音もなく重ねあわせたりするだけで、見ていてほんとにもどかしい。

ズンバする男たちは、みんなオシャレだ。かなりジムでやってますという感じで、ぴったりのシャツにハーフパンツにフィットネスの黒タイツをはきこんでいる。そして振り付けを無視してはしゃぎ回る。彼らの一部は、周囲の人々を巻き込んで、快活に、手をつないだり、身体をくっつけあったりして、盆踊りかフォークダンスのノリで踊っている。今まで見たことのない日本の男の顔だ。男が変わったのか。熊本だけか。

とにかくそういう状況の、芋の子を洗うようなスタジオで、あたしはジャニーズのバックで踊るスクールメイツみたいな心持ちで踊っていたのだが。

こないだ、その踊る男の一人が、AさんやAさんの知り合いのBさんやあたしのすぐ前にいて、はしゃぎながら、こっちを向いて、しきりにハイタッチやなにかを仕掛けてきた。そして、はしゃぐあまり、手を伸ばす振り付けのときに、Aさんの隣にいたBさんの脇腹をつっついた。

あたしはぎょっとした。

男に来るなとは言わない。どう踊ろうとかまわない。盆踊りでもいい。人は人、あたしはあたしだ。しかし男が、振り付けにことよせて隣の女の身体に触る。性的な欲望でやってるんじゃなくても、これじゃ痴漢と同じである。

Aさんに「あの人つっついたよね」と言うと、Aさんも顔をしかめて、「ああやって友達同士で楽しそうにやってるからしょうがないけどね」「やりすぎじゃない」「そうよね」と話しているところにBさんも加わって、「びっくりしちゃった、えっと思って相手を見たら、ごめんなさいって言われた」と言うので、Bさんと男は、知り合いでもないし、合意もないことの確認が取れた。これはよくない、くり返させてはいけないということになり、クラスの後に、あたしが代表で彼のところに行き、とってでも社交的に「楽しかったですねえ」と挨拶しながら「ああやって人に触るのはやめてください」と言い、「すみません」と彼は言った。その後も、彼はクラスに来て楽しくはしゃいでいるが、はしゃぐ相手は知り合い限定にしているようだ。

というわけで、痴漢じゃないのに、ただ善意ではしゃぎあまりに、相手も喜ぶだろうと思って知らない女をつっついてしまった意識の低すぎる男の話だった。そういう人に、熊本の日常でふっと出遭って、あたしはものすごく驚いた。Aさんも Bさんも、あたしも、若くない女たちは、それはいかんだろうという意識を持ってるのに、おっさんたち、まだそこにいるのかと不思議でたまらない。くり返すが、ああやってはしゃいでズンバやってると、筋トレもケーゲル運動もできなくて、何の効果もないのだった。

そんな感じでズンバをやっていたが、そんな感じでズンバをやっていたからこそ、あたしはズンバに行きたくなくなっちゃったのかもしれない。

身に沁むは WhatsApp か Skype か

『婦人公論』の本誌が「子どもの世話にはなりたくない」という特集だそうで、ほんとですよ、あたしも「子どもの世話になんかならない」と常日頃思っている。

娘たちはカリフォルニア、あたしは日本。

カリフォルニアにいたときは、ときどき Skype でカノコやまごとしゃべったりしたけど、こっちに来てからは一度もしてない。忙しくて気持ちに余裕がないのと、時差のせいでうまく時間を合わせられないせいだ。

日本に来る前に携帯に WhatsApp という LINE みたいなアプリを入れて（アメリカではこれが主流、だれも LINE を使っていない）、カノコ・サラ子・トメと、みんなでやりとりできるようにした。それはときどき使っている。

早稲田があるときは学生たちと間断なくつきあう。その上夜は親友ねこちゃんのところに転がり込む。なんかゆるい、疑似家族みたいな、そんな関係ができている。研究室を出るときに「これから帰ります」とメッセージを入れると「はいよー」と返信が来る。「ただいまー」と言いながらドアを開けると「おかえりー」と迎えてくれる。夜半、仕事しながら、あたしが「ねえ」と話しかけると、枝元ねこちゃんはいつもレシピを書いているのだが、その手をとめて「なに」と答える。今どきのことばで言えば、ほっこりするのだった。

ところが夏休み。二か月あった。ずっと熊本の家にいて、ずっと仕事しまくっていたら、ひとりぼっちだなあと思った。

熊本にも友だちはいるから、出ていけば会えるのだが、仕事がつまっているから、なかなか出ていかない。それで会えない。

咳はしなくても一人。息するだけでも一人。ごはんたべても一人。寝るときも一人。

こうやって寂しいと思いながら年取っていくこと、しかたないと思っている。一人で寂しいなあと思いながら死んでいくことも。父もそうだった。寂しければ寂しいほど、贖罪《しょくざい》してるような気持ちになる。

あたしは父を独居させた。母が寝たきりになって入院した後、八年間独居させた。

父は寂しい寂しいと言っていた。今死んだら死因は退屈だなんて、冗談めかして言っていたが、本気だったと思う。あたしは、聞いてるふりをしながら、耳を閉じていた。

なんとかできなかったかと思うが、できなかったわけだし、たぶんそのときはする気もなかった。世の中、なんともならないことってなかなかないもんだ。あたしが日本に帰っておとうさんと暮らすと決めたら（夫ともものすごくもめて辛い目に遭うだろても、おとうさんをアメリカに引き取ると決めたら（これまた、滞在ビザから何から、ものすごくたいへんだったろうが、それでも）そうできただろう。

あたしはそれを実現しようと思わなかった。悔いているというのとは少し違う。あれ以外できなかったとわかっている。

でもやっぱり、父に寂しい思いをさせたというのが黒々と心のすみに残っていて、あたしもあんなふうに、寂しい思いをとことん経験しなけりゃと思うのだ。

あんなふうにずっと子どもの来るのを待っていて。

子どもは海の向こうで。

人に会わず（会えず）どこにも行かず（行けず）。

寂しいな、退屈だなと思いながら、何年間も生きる、死ぬまで。

てな感じにはぜったいならないでしょうね、あたしは。

そもそも、世話にはもうなってるから。家庭内のあたしは「何もできない、料理と仕事しかできない」という存在だった。みんな何も期待しなかった。いろいろと世話してくれた。それは英語のせいだ。移民の家族は、子どもの方が親より土地のことばが得意になるから、どうしてもそうなる。娘たちが今、日本に来たら、あたしがいろんなことをちゃんと一人でやっているので驚くだろう。

とくに世話になっているのが次女のサラ子。日本語も英語も読めて書けてしゃべれて、数字に強くてワードもエクセルも使いこなせるから、何もかもやってくれる。夫が死んだときも大活躍してたし、あたしが死んでも大活躍すると思う。

長女のカノコはみんなのおねえさんだから、妹たちの危機のたびに（ときどきあたのだ）ちゃかちゃかと動いてくれるし、音楽をやってるから、あたしの持っている、ものをつくる闇みたいなものもわかってくれる。

トメはやっぱり末っ子で甘ったれで今いち信用できないんだが、人の悩みを聞くのがうまい。たまにこっちから電話して愚痴をこぼす。やわらかく気持ちよく悩みを聞き取ってくれる。人は誰しも得意な分野があるもんだなあと感心する。

ときどき WhatsApp のチャットに「ねー」と声をかける。五分もしないうちに誰かから「なにー？」と返事が来る。……いいじゃん、頼ったって。

細道をたどりたどりてきのこ粥

食べるのがめんどくさい。自分は食べ物が好きなほうだと思っていた。料理は好きだったし、おもしろかったし、どんな忙しいときも苦じゃなかった。自分でもうまいと思っていたし、家族にもそう思われていた。それが、一人になったらこのざまだ。あれば食べる。よろこんで食べる。東京にいて、一人じゃないときは、よく食べる。がつがつとなんでも食べる。

今、あたしは週のうち二、三日をねこちゃんの家に居候していて、夜遅く帰るとねこちゃんが何か作ってくれる。夜中でも作ってくれるから、こんな食べ方してたらたいへんなことになるよねと言い合いながら、それでも食べる。

一人のときは何にも食べない。外食も買い食いもしない。で、やせるかというとちっともやせない。一日中どうでもいいと思いながら、適当なものを、あるいは同じものばかりを食べているからだ。

なんだか殺伐としているが、こういう状態を、長い間、望んでいたような気もする。

この頃好きなレストランがある。

熊本の熊本大学の裏にある。

そのあたりは学生アパートだらけで、自転車一台通るのがやっとなくらいの細い道だらけなのだが、それでも車が押し通る。

三十数年前、熊本に移住した頃、あたしはそのあたりに住んでいた。前夫と結婚して子どもができて仕事が軌道に乗りはじめて親はまだ東京にいて、という頃。

曲がり角があり、竹藪があり、墓地がある。両サイドをがりがりけずられるくらい、墓石が両側から迫ってくる。こんなに細道なのに一方通行じゃないから、車が車体をちぢめてやっとのことですれ違っていく。

こんなところにレストランがあるのかと、心細くなりながら行くが行くと（松居直／赤羽末吉『ももたろう』の声で）、細道の先に小さなあかりがぽつんと灯《とも》っていて、そこがお店で、お遍路宿かどこかにたどりついたような気持ちになるのだった。

レストランの名前は「サルーテ」。もう三十年くらいつづいている。開店してすぐ前夫と行った。それからすぐ別れた。そのときの食事も楽しいものじゃなかったから、それですっかり忘れていたのだった。

二、三年前に、思想家の渡辺京二さん、石牟礼道子さんの片腕としても大活躍した渡辺さんに連れて行ってもらった。京二さんの行きつけの店だった（＊）。前にも来たことありますなんて言いながら、いろいろ食べたはずだが、そのときは食べるより人と話すのが目的だったから、食べ物のことは覚えてない。

それっきりまた忘れていたのだが、今年、九月の初めに友人と行った。秋メニューが始まったばかりで、ポルチーニのリゾットがあった。それがとてもウマかった。その後、一週間の間に三回行った。友人のだれかれを誘って行った。キャベツとアンチョビのスパゲティもウマかった。豚肉と筍《たけのこ》のキタッラも若鶏のディアボロ風もウマかった。でもあたしはポルチーニのリゾットを食べた。

また来た、あ、またってんで顔を覚えられた。東京から学生が来て、友人が来た。みんな連れて行った。あたしはそのたびに、ポルチーニのリゾットを食べた。うまい。ポルチーニのリゾット、うまい。ずっと忘れていたのだ、この味を。そして思い出したのだ。

食べ物なんて、すべて思い出。

そうか、そういうことか、と今、書きながら思い当たって震撼《しんかん》している。ポルチーニのリゾットの話じゃなかったのだ。

ああ、おお。

食べ物なんて、すべて思い出。

前の夫とポーランドに住んだ。その頃よく食べた。ポルチーニはイタリア語だ。ポーランド語ではなんと言ったか。グジィビィというコトバは覚えてるが、これは「きのこ」という意味だ。ワルシャワで世話になった、うちの親と同世代の夫婦がいた。そこでよく食べさせてもらった。グジィビィのズッパ（スープ）だった。

カリフォルニアで暮らし始めた頃、ふと食べたくなった。干しポルチーニを買ってきて、試行錯誤しながら作ってみた。タマネギの炒めたのを入れたり、ポーランド料理のスープに欠かせないセロリの根とポロ葱を入れたり。干しポルチーニのかわりに干しシイタケでやってみたり（これはまったく別のものになった）。だしはチキンスープだったが、たぶんあのポーランドのおばさんのレシピはチキンスープじゃなかったと思う。試行錯誤の最後に大麦を入れればいいのだと思いついた。

このスープが大麦入りで完成したとき、夫が、祖母の料理みたいだと言ってなつかしがった。ポーランドからイギリスに移住したというお祖母さんだった。近所のユダヤ系の友人たちに食べさせると、やっぱりなつかしがった。

きのこのスープが目をつぶっていても作れるようになり、最初はポーランド風だったけど、だんだんあたし風になり、脂は少なめになり、ときにはしょうゆも垂らすようになり、だいぶ変質した頃、こんどはアルボリオ米を買ってきてリゾットを作り始めた。アスパラを混ぜ込んだり、ポルチーニを混ぜ込んだり。

いや、プロの料理に比較するのもおこがましい。でもポルチーニのリゾットひとつで、そういうもろもろ、自分の料理や自分の家庭や自分の来し方をふいに思い出した。というか、それ以前の無意識をつるつると引きずり出した。それでサルーテに通いつめた。

ああ、おお。

あたしはいったい何を食べようとしたんだろう。何を食べていたんだろう。

＊渡辺さんも二〇二二年のクリスマスの朝に亡くなった。石牟礼さんが亡くなったのは二〇一八年二月で、あたしの日本に帰ってくる直前だった。なんだかなつかしくてしょうがない。

くすり湯に入ってぽかぽかあったまる

東京で、ねこちゃんの家に帰る。「いまから帰ります」とメッセージをうつと、「ほいよ」と返事がある。「残り物ある？」と聞くと、「あるよ」という。で、帰ると、残り物もあるし（昼間作って撮影したものの残りだ）、ドラえもんみたいな友人なんだ。

ところで、あたしはこのごろ入浴剤に凝っている。

その前に言いたいことがある。実は、お風呂場（兼トイレ）の色がものすごく気になっていたのだ。お湯の色というより、お湯のまわりのそこここに置いてある物の色。タイルは白で洗濯機も白で便器も白だ。トイレットペーパーも白。でもあとは、シャンプーのボトル、洗剤のボトル、タオル、化粧品、入浴剤、本、漫画、何もかもが色とりどりで、ときにはおそろしく色も意匠もどぎつく、カオスである。めまぐるしくて落ち着かない。それでなるべくタオルの色を統一し、シャンプーや洗剤、そして入浴剤も、とにかく、なにより、容器の色が地味なのを買うようにした。ときには表のフィルムをはがしてつんつるてんにしてそこに置いた。

いろいろやってるうちに、容器が地味で、中身が強烈な入浴剤を見つけた。ツムラの「くすり湯バスハーブ」と、アース製薬の「琥珀《こはく》の湯」だ。

「くすり湯バスハーブ」は緑のボトルで、色と形の質素さが目になじむ。チンピ、ハッカ、センキュウ、トウキ、ハマボウフウ、カミツレが入っているそうだ。「琥珀の湯」は茶色のボトルで、ゴボウ、ヨモギ、シラカバ、ドクダミ、チャと書いてあった。

それが、えもいわれぬよい匂い。

残り湯をペットボトルにつめておく。それを霧吹きに入れて、葉水の必要な植物に吹きかける。すると植物たちから、チンピやハッカやセンキュウやトウキやハマボウフウやカミツレや、あるいはゴボウやヨモギやシラカバやドクダミやチャのまざった香りがしてくるのだった。

そもそもこのお湯をためて浸《つ》かるという行為は、ああ（ため息が出るが）水の足りないカリフォルニアではできないことだった。だってうちには湯船がなかった。カリフォルニアは何年も日照りと渇水がつづいていたから、シャワーなんて、髪の毛がもしゃもしゃのべたべたになって、かゆくてどうしようもなくなってから、しゃっと、カラスもここまではというくらいの短時間で済ませていたものだ。

今はお風呂に毎日入る。お湯をためて、くすり湯か琥珀の湯を入れて、ゆっくり浸かって鼻をひくひくさせながら漫画を読む。

いいもんだ、この匂いのある日々。

仏事は何にもしないあたしだが、お線香だけはよくたてる。死んだ母のために父が毎日やっていたからなんだが、もうひとつ理由があって、めったに帰らない、人の住まない、閉め切ってある家の中はなんとなくかび臭く、それを紛らすためのお線香でもあった。

父が死んだ後、人にもらったお線香をずっと使っていたが、やがてなくなり、自分で買うようになった。インド製の安物を買ったときは、煙たくなって頭も痛くなった。仏壇用のを買ってみたら、日本のふるい家族のふるいお墓の藪っ蚊や、最後にお風呂に入るヨメの後ろ姿とかを思い出してしまって使わなくなった。高野山のおみやげといって高いやつをもらったことがあるが、お寺のど真ん中にいるみたいな匂いだったので、これも使わなくなった。試行錯誤して、今はネットで、伽羅《きゃら》とか白檀《びゃくだん》とか沈香《じんこう》とか、シングルモルトみたいな（スコッチでいえば、ですよ）一つのニオイだけのを買っている。

あたしがそうやって伽羅とか白檀とかくすり湯とかにハマっていたら、ちょうどねこちゃんも、アロマテラピーにハマっていた。

ねこちゃんの寝室はものすごくいい匂いがするのだった。よくよく見るとベッドサイドにはアロマオイルの小瓶が林立しているのだった。夜な夜なディフューザーというものでしゅわーとアロマを蒸《ふ》かし上げているのだそうだ。実はこのディフューザーというもの、あたしが買おうか買うまいか考えていたやつなのだった。いいねーと言ったら、「こないだどこかでもらった」と言って、USBにつないで使う小型のやつをくれた。そして「二つあるから一つあげる」と言って、アロマオイルのボトルも二、三本くれた。フリーダムとかディープブルーとかいう名前がついている。いろんな香りのブレンドものらしい。ね、ドラえもんみたいな友人なんだ。

そういうわけで、最初のうちはフリーダムやディープブルーなんかを蒸かしていたのだが、今度は、それと、白檀や伽羅やチンピやハッカやセンキュウやトウキやハマボウフウやカミツレやゴボウやヨモギやシラカバやドクダミやチャとがあいまって、ニオイの氾濫《はんらん》。

これじゃ色の氾濫と同じじゃないかということに気づいて、この頃は、お線香もフリーダムもくすり湯もちょっと休止して、セージのオイルにかぎっている。シソ科のセージ。それだけの、シングルモルト的なオイルがある。

これを最初に手に入れて蒸かしたときの感動はすごかった。カリフォルニアの野のニオイだった。カリフォルニアのあの乾いた荒野に、黒セージや白セージというセージの藪が、わさわさ、わさわさとどこまでも生えていた。春はともかく、夏の終わりになると、あたりは乾き上がっていて、もめばすぐほろほろと粉になり、ニオイが強烈に立ち上った。

それを思い出しながら、今、熊本で、部屋中を蒸かし上げているのだが、クレイマー、あたしより何十倍、何百倍、いや何千倍も鼻の利くクレイマー、どんな思いで、強すぎる故郷のニオイを我慢していることだろう。

白和えやほうれんそうが入って春

もうコンビニのおにぎりは食べたくない。サンドイッチもお弁当も食べたくない。ゆで卵もサラダチキンも食べたくない。そういうものばかり食べてきた九か月だった。前々章であたしは食べ物について話した。第一章でも食べ物の話をした。食べ物の存在はやっぱり大きい。

あの頃は、こんにゃくと茄子を白だしで煮たのばっかり食べていた。一夏食べたら、今は見るのもいやだ。白だしの味にも飽《あ》き果てた。

基本的に、あたしは同じものをずっと食べたい。あ、おいしいと思ったら、それをずっと飽きるまで食べたい。好きだからというより、自分ではどうにもならない業《ごう》みたいなものなのだ。飽きずに食べられるのも一つの能力かと思うが、食べざるをえないビョーキかもしれないとも思う。

この頃考えていたのだった、「日本に来てから食生活が貧しい。カリフォルニアにいたときのほうが、あたしはいいものを食べていたんじゃないか」と。

しかし出会う人出会う人、あたりまえの事実のように、答えはわかってるから答えなくてもいいとでも言うように、あたしに聞いてくる。

「日本の方が食べ物がおいしいでしょう？」

日本の人に聞かれ、（こないだまでのあたしみたいな）海外在住者にも聞かれ、そのたびに返事に困る。まずいものを食べているとは言えないが、おいしくはない。いいものを食べているとはとても言えない。食べ物の質としては、むしろ貧しい。人々の考えることと、あたしの現実とのギャップが、ほんとうに不可解だった。

その真相が、今わかった。あたしはカリフォルニアで、出来合いのものを買わなかった。何もかも自分で作っていた。ギョウザも、麻婆豆腐も、パスタソースも、ドレッシングも。

理由は、外の味が口に合わなかったからだ。アメリカ製の冷凍食品も、アメリカのスーパーのお惣菜も、ファストフードも。

いやいや、カリフォルニアの町中ですから、近所でなんでも手に入った。それはもう日本以上に。料理なんかする必要ないくらいに。でも味付けが、日本の味よりちょっと塩《しょ》っぱい。ちょっと甘い。ちょっと酸っぱくて、ちょっと油っこい。それで、「あ、イヤ、あ、食べられない」と思い、それがたび重なると「放っといて」と思った。

レストランで食べると「あ、おいしい」と思うんだが、思って、必要以上に食べてしまうのだが（なにしろ出されるのは牛馬用の量）、持ち帰って次の日食べると、おいしくないのだ、これが。金のどんぐりがふつうのどんぐりになってしまったみたいに。

ところが日本に来てみれば、そういうことはない。食べる前に、味の想像がついた。食べてみたら、いつもおいしかった。まずくはなかった。「あ、イヤ」なんて感じなかった。冷凍食品も、スーパーのお惣菜も、コンビニの弁当も、おにぎりも、サンドイッチも。日本のコンビニで食べ物を買うという行為そのものもとても楽しかった。「こんなものがある、こんなものも」と何度もカリフォルニアの娘たちや友人たちに報告したものだ。それで買い続け、食べ続けた。

そんな生活を九か月。そして今あたしは、知らず知らずのうちに、目に見えない保存料や添加物にとっ捕まってしまったような、化学調味料がみっちりつまった味の濃さにもとっ捕まってしまったような気がする。その上、食べ物を食べているんじゃなくて、叩くとコンとかポコンとか音がする、あるいは過剰なくらいもちもちやふわふわに仕立て上げられた、工業製品を食べてるような気もする。そしておそろしいことに、何か買って食べると、食べた量以上のごみが出る。プラスチックとか紙とかプラスチックとか。やり切れない思いで、粛々《しゅくしゅく》と分別した。

粛々と。

このことば、よく使ったものだ。父のいた頃。カリフォルニアと熊本を往復していた頃。いくらなんでも月一ぺんの国際線で太平洋行ったり来たりは辛かった。でもしかたがないから「粛々とやってますよ」みたいなことを人に言い、自分にも言い聞かせて、やり続けていた、あのときの粛々だ。

数日前、あたしはふと、料理してみるかと思った。できないわけじゃない。あれだけやっていたのだ。ただ今まで、なにか、何だろう、心の釘《くぎ》みたいなものが、どこかに刺さっていて（まだ刺さっている）、動きを止めていただけだ。

最初に考えたのが、白和え。和食好きのカノコやサラ子が家にいた頃はよく作った。二人が家を出ていった後、残った夫とトメは、日本食といえばスシやからあげで、こういった地味なものは作らなくなった。あれが食べたい、あれを作ろうと考えた。

とうふ・ほうれんそう・にんじん・こんにゃく・ごま・砂糖・塩・しょうゆ数滴。

大きなすり鉢を棚からおろして、もう何年もそこにあったからすっかりホコリまみれになっていて、洗い立て、よく拭いて、ごまをよくすり、水切りしたとうふ、砂糖、塩、しょうゆ数滴、すりすりして。それからまな板を出して、それもふだん使ってなかったから洗い立て、大きな包丁も出して、具を切り、ゆでて、下味をつけて、すりすりした豆腐に混ぜた。この頃は既製品に染みこんでいる味にもうんざりしているから、化学調味料も添加物もなんにも入れない。人にはちょっと食べさせられないような、とんがった味の白和えが、大鉢いっぱいできた。あたしんちの白和えだったし、あたしの白和えだった。

スーパーのお惣菜売り場の白和えなら三千円分くらいある。主食がわりにばくばく食べても三日はかかる。どうすんだ、こんなに……と今は途方に暮れている。

人は死にヨモギは残る荒野かな

ひさしぶりにサンディエゴに帰った。

九か月ぶりだった。

会いたい人も会いたい犬もいっぱいいた。サンディエゴのビールが飲みたかった。犬と歩いた荒れ地を歩きたかった。西の海に沈む太陽を見たかったし、東の荒れ地から出る月を見たかった。

空港には、日本人のMとY夫婦が迎えにきてくれた。ハグしたら涙が出た。家に着いたらパピヨンのニコが突進してきた。サラ子はまだ職場だったが、サラ子のパートナーのDなら家にいた。ハグして、しゃべろうとしたら、英語がなかなか出てこなくなっていて焦った。

それからあたしは家を出て、お向かいのJとD夫婦に会いに行った。あ、ここだけ本名にする。ジェリーとダイアンだ。

ちょうど三十年前、詩人のジェリーを頼ってアメリカに行った。ビザなし観光九十日間ぎりぎり滞在するつもりだった。空港に迎えに来てくれたのが奥さんのダイアンだ。それから親戚みたいにつきあった。なつかしいドアをいつものように開けて、八十代後半の二人が、「待っていた、楽しみにしていた、会いたかった」と言いながら、あたしをぎゅうっとハグした。

それからあたしはCに会いに行った。ここにいたとき、Cとあたしは犬たちを連れて毎日一緒に散歩していたのだった。いつも一緒だった。

それからEといつものPeet's Coffeeで落ちあった。

そして夜は、昔みたいに、MとYとでビールを飲みに行った。

西海岸全体がホップの利き過ぎた苦いビールで有名なんだけど、その中でもサンディエゴは、ビール醸造所の多さとビールの苦さで群を抜いている。それはもう、日本のビールを飲んでるみなさんが想像できないくらい苦くてウマい。近所にいくつもビール醸造所と直結したビール屋がある。夫が死んでから、ずっとこうして、MとYとあたしは、しょっちゅうビールを飲みに行き、日本語でしゃべり、遠くの親戚より近くの他人みたいに親しく行き来していくんだろうなと考えていたら、突然あたしが「イチ抜けた」をしたのだった。

Pは死んで、Nも入院中でかなり重篤、Gは腰が悪くなってめったに外に出てこなくなったとジェリーとダイアンが言った。PもNも、あたしはそんなに親しくない。でもGとは仲が良かったから電話しなくちゃと思っている。Tからは「二、三日中に寄る。今、父が入院中でばたばたしている」というメールが来た。

もう一人、近所に親しい友人がいた。Hだ。彼はあたしが日本に帰っていってまもなく死んだから、連絡の取りようがない。「彼の家に売家の札が出ている。それを見るのがとても寂しい」と少し前にダイアンからメールが来ていたが、今はもう札が立ってない。

九か月でこんなに変わるものか。

カリフォルニアだというのに、町の色がくすんで見えた。通りの景色も、家々も、ヤシの木もブーゲンビリアもくすんで見えた。三日にあげず通っていた食料品店もくすんで見えた。よく買ってたものが買っていたとおりに並んでいたけど、通路を歩いて行く買い物客は、年寄りばかりに見えた。

一九九一年に初めて、ジェリーとダイアンを頼って、この街に来た。着いたその夜、彼らの家のお向かいに住む、彼らの親友に紹介された。その人は、ちょうど今のあたしくらいの初老で、画家で、ジェリーと同じ大学で教えていた。穏やかで福々しい笑顔をうかべて、真っ白な長髪は後ろで結び、前は禿げて、知的なイギリス英語をしゃべり、感じよく、辛抱強く、あたしのつたない英語を聞き取ってくれた。彼の絵を見せてもらったら、ほんとにすばらしかった。当時あたしは前の夫と離婚したばっかりで、少々自暴自棄になっており、この男とつきあったら絵が手に入るかもなんて悪いことをちらっと考えたりした。これが死に目を看取ったあの夫であり、実は穏やかでも辛抱強くもなかったわけで、その上今は、家中が、ぜんぜん売れない絵だらけだ。ダイアンとジェリーには世話になった。末っ子のトメが生まれたときも、夫が死んだときも。夫が死んだ後、あと数年したら彼らの番が来る、そのときはあたしが看取るんだろうと考えていたのだが、ここでも「イチ抜けた」をしたあたしである。

今回、彼らの家が汚くなっていた。台所はいたるところがべたべたして、グラス類は曇ったまま、居間のソファはしみだらけでほころびていた。そうだ、これには見覚えがある。昔、実家に帰るたびに、家が汚くなっていったアレだ。あのときの母と同じで、ダイアンには何も見えていないんだなと思った。

ダイアンが何でもないことのようにあたしに話した言葉がまた重かった。

「この頃ジェリーが、歩いているとき、どんどんスピードが速くなる、止まらなくなる、そして転ぶ。ふだんはぜんぜん歩かないからいいんだけど、たまに歩くとそうなる」

（ああ、それはパーキンソン症候群の症状……）

「遠くに住む息子からしょっちゅう電話がかかってきて、ジェリーを連れ出して歩かせろ、ふたりで買い物に行けと言われるけど、放っておいてもらいたい。私は買い物くらい一人でしたい。一緒に買い物に行く友だちは、みんな死んでしまって誰もいない」

ダイアンは完璧な主婦だった。有能で、社交的で、誰にも頼らない。だから、お掃除の人をやとったらとみんなにすすめられても、「自分でやる」と言ってきかないのだ。あたしは聞いてるのが切なくてたまらなかった。きっと帰ってきて、あなたが死ぬときにはそばにいるから、とダイアンをハグして言いたかったが言えなかった。

先日、少し雨が降ったそうだ。あのカリフォルニアの大火事の後だ（この辺は被害がなかった）。ニコを連れて荒れ地を歩いたら、なんとかゴケやかんとかゴケ、地衣類なんかがいっぱい出ていた。セージやヤマヨモギがぴかぴかしていた。もうすぐ一斉に芽吹く。春には手のつけられないほどのたくりまわる野ウリの蔓《つる》が少しだけ伸びていた。めぐる。めぐる。そう思ったのだった。

春一番のぼり階段浜松町

今日は文句だ。「漢」と書いておんなと読む。おばさんともおばあさんとも読む（『閉経記』参照のこと）。あたしはときどき公憤や義憤でいっぱいになる。

昔むかし、大むかし、『良いおっぱい悪いおっぱい』という本で、あたしは東京の地下鉄の非情なシステムを嘆いた。赤ん坊連れの女にとって東京の地下鉄を渡り歩くことがどれだけ過酷なことかを、当時十三キロあったカノコの体重を、十キロ入りの米袋と一キロ入りの砂糖三袋にたとえて訴えた。

あの頃のあたしは若くて強く、不満を訴えながらも米袋一つと砂糖袋三つ分の赤ん坊、ごつごつしたバギー、そしておむつと本入りの大荷物を抱えて走ることができた。でも今あたしは六十三歳で、腰とか膝とかにガタがきており、バランスも悪くなっている。

とくにエスカレータの右側につい乗ってしまって、前後の波にうながされて動くエスカレータをのぼっていくときなどとても怖い。バランスをくずしてぐらりとする。左側に立っているときにも、いつもかさばる荷物を持っているので、右側をのぼっていく人たちに押されることがある。そのときもバランスを取れなくてとても怖い。

その上、手首には慢性的な痛みがある。ちょっと前に階段から落ちてひねったのが原因だったが、その後の東京―熊本の往復生活で、つねにキャリーを曳《ひ》いているので、どんどん悪化する。とくに駅のホームや乗り換えの通路にある視覚障害者用の誘導ブロック。キャリーがあの黄色いボコボコに乗り上げるたびに、手首をひねってしまって悲鳴をあげる。弱者を守るための仕組みが、こうやって別の弱者を痛めつけることになる。

年取れば、皮膚は皺寄る。白髪は増える。ぜい肉はつくばかり。バランスは悪くなる。足腰は痛くなる、こんなことはあたりまえだから受け入れよう。でもむかついてたまらないのは、三十数年前からなんら改善されてない東京の地下鉄の諸状況。オリンピックなんかとんでもないじゃんと思っている。

とくによく使うのが浜松町駅。

この駅にはJRの山手線があり、京浜東北線があり、羽田空港に行く東京モノレールがある。その三つは構内で接続しているが、外に出て数歩歩いたら地下鉄の大門駅で、都営浅草線と都営大江戸線がある。

浅草線は京急と京成につながって羽田にも行くし成田にも行く。日本橋で東西線につながるから、早稲田に行くときもこれを使う。

熊本に帰るときも、ここでモノレールに乗り換えて羽田に行く。

羽田には京急線直通の浅草線でも行かれるのに、どうしても、三十数年前に赤ん坊を抱いて熊本と東京を行き来していた頃の、モノレールしかなかった頃の東京の地図が頭の中にある。あたしにとっては、東京駅や渋谷駅なんかよりずっと使う頻度の高い浜松町駅なのだった。

ところが、大門駅から浜松町駅へ向かう通路は、ひたすらのぼりである。最初のうちはエスカレータがある。ところがのぼりのぼって、あと十数段というときに、ぷつんとエスカレータが途切れて階段だけになる。

裏切られた気分になる。荷物が重たいときには絶望する。じっさいあたしはその階段を、大きな荷物を抱えて、絶望した面持ちでのぼってくる人を何人も何人も見た。エレベータは設置されてあるが、場所はわかりにくく、しかも遠回り。Google マップで調べると、地下鉄の大門駅からモノレールの浜松町駅まで四分で乗り換えだというけれど、あたしの足では絶対に四分じゃ無理だ。

やっと上に出て隣接するモノレールの構内に入ると、そこに小さい古いエレベータが一つせっせと稼働しているが、なかなか人々の需要に追いつかない。だってそこにはどうしても、荷物を持って飛行機に乗ってどこか遠くへ行く人が集まってくるからだ。待つのがいやだから他の手段をと思うと、後はただ階段を、二階へ、そして三階の改札口へと、のぼっていかなければならない。

その上浜松町駅はおそろしくタクシーに乗りにくい。昔はモノレールの駅から地下鉄に行く途中、世界貿易センタービルの真下にタクシー乗り場があったが、今はその辺が工事中となり、廃止されてしまった。それで、目の前の竹芝桟橋から増上寺まで行く大きな道に、タクシーが並んでいる。

こないだ寒い雨の夜、重たい荷物を持って東京に着いたときはすでに疲れ果てていたのだった。それでタクシーに乗ろうとしたら、客待ち中のタクシーに「ここでは乗れないからもっと先へ行け」と言われた。先へ行ってまた声をかけてみたが「さらに先へ行け」と言われた。先へ行っても行っても同じことを言われた。最終的に駅からすごーく離れたところに行かないと乗り場がないということがわかり、あたしはあきらめて駅にもどり、地下鉄を乗りついで目的地に行った。

六十三歳のおば（あ）さんが雨に濡れ、大荷物抱えて、白髪頭ふりみだして、乗せてくれろと言ってるのに、タクシーの人々は眼も合わせようとしないで、ただ手でひらひらと先を指さすのだ。ああ、なんと冷たい東京の冬の夜だったことか。冷たくて居心地の悪いのは何だろう。都会か。都会の人の心か。希望のないままのオリンピックの未来か。

後日譚がありまして。その一帯つねに工事中で刻々と変わっていき、タクシー乗り場についてはなんらかの改善か妥協があって、乗りやすいところで乗れるようになった。そして先日（二〇二一年四月某日）久しぶりに東京に行ったとき、浜松町駅のあるビルそのものが閉鎖されるという告示があった。「五十七年間のご愛顧ありがとうございました」と書いてあった。つまりあの不便もこの不便も、全面改装してもっと使いやすくなる過程だったのだ。そして五十七年前の設計だったからこそ、弱者に対する配慮もへったくれもなかったということがわかり、世間は確実に進歩しているんだなとちょっと感動もしたのだった。

絶望の大安売りだいもってけドロボー

今、大学は春休み。大学には行かなくていい。東京にも行かなくていい。めざまし時計で朝の五時半に起こされなくていい。空港を歩かなくていい。地下鉄の階段ものぼらなくていい。重たいキャリーをひきずらなくてもいい。コンビニのおにぎりで食いつなぐなんてこともしなくていい。

そのかわり、たまりにたまった締切り仕事をがんがんやるのだ。仕事ははかどり、どんどんはかどり、犬を連れて歩き、植物（家の中に数十鉢ある）の水やりをし、植え替えをし、野菜たっぷりの薄味食を自分用に作ってもりもり食べる。ああ、なんとすばらしい生活ができるかと思っていたのだった。

ところがちっともはかどらない。

書く仕事だけじゃない。休みに入ったら、山積みになっている書類を整理し、出さなくちゃいけない手紙は出し、払わなくちゃいけないお金は払い、捨てるものは捨て、ごちゃごちゃに積み上がったところは片づけ、服はたたんでしまい……と思っていたのだが、なんにもはかどらず、犬の散歩と植物の世話しかできていない。そして今から話すできごとのせいで、心はすっかり上の空だ。

これは春休みと何の関係もないだろうと思うのだが、実はある。春休みなので、いつもよりゆっくり時間に迫られずに犬の散歩をしていたのだった。そしたらばったり旧知の、犬連れのKさんに出会った。Kさんとは、会えばいつも立ち止まって雑談をする。ときにいっしょに歩いたりもする。クレイマーもKさんの犬に慣れて、吠えずに歩く。そしてKさんの犬は、いつもジャーキーを持っているあたしが大好きだ。そしたらそのときKさんに、「明日の六時から、T川遊水地を有効利用するための集会があるよ」と誘われた。

集会に出てみようと思ったのも、やっぱり春休みで、少し心に余裕があったからだ。あたしの家はT川の河原端にある。カリフォルニアに住んでいたときもずっとキープしてあって、日本に帰ると、いつもこの家に帰ってきた。すぐ近くに父の家があったが、それは処分してしまってもう無い。

T川は昔はよくあふれたそうだ。それで三十年くらい前に、河原一帯を遊水地にした。何か所かに水門を作り、あふれそうになったら水門を開けて遊水地に水を逃すようにした。それ以来、どんな激しい雨のときもこの辺は水があふれない。

三十年前はこの遊水地にゲートボール場やテニス場を作る予定だったらしいが、お金がなくなったのかもしれない。水門と予定の一部だけ作られて、他の計画は頓挫した。そうして遊水地は掘り起こされ、破壊されたまま、放ったらかされた。そしたら在来の植物や外来の植物が繁茂した。種が飛んできて生え出したセンダンが森になった。初夏には河原中にセンダンの香りがみちみちた。藪には野イチゴが実った。キジが繁殖した。夏にはクズがのたくり、ヤブガラシやカナムグラがのたくり、カラムシやガマが伸びた。秋が来てカラスウリが実り、ナンキンハゼが色づき、冬になるとみんな枯れて、春にまた一から始めるのだった。そうやって季節をくり返しているうちに、この一帯はすっかり茫々とした自然が戻り、野鳥の楽園になった。

ところがここ数か月、いやもう一年以上になるかも。河原の土手でなんとなく不穏な工事が始まり、なかなか終わらないのだった。

市が「おもてなし計画」とか称して、雑草処理ということで、雑草を刈った後の土手を厚い濃緑色のフェルト地で包み始めた。いつのまにか河原の土手がどこもそんな色のフェルトで包み込まれ、草はなくなり、センダンは伐られ、雑木は伐られ、土手の上にはじゃりじゃりした砂がしきつめられて、どこかの運動公園のジョギング道みたいになってきた。そして十五万坪ある遊水地をぐるりと取り巻くように、サクラの木が順次植えられていってるのである。いったい市は何をしたいんだろう。「きれいに整えて、安全で、クリーンで、殺菌されたみたいな、どこにでもある風景、でも熊本じゃない」、そんなのを作ろうとしているのならゆゆしきことだと悠長に考えていた。うかつだった。

集会に行って、驚いたのなんの。

市の計画は、今ある自然をぶち壊し、民間の業者を入れてキャンプ場やバーベキュー場を作って金もうけ。説明を聞きながら、あたしは全身が揮発するんじゃないかというくらい怒りでメラメラしていたのだった。

あたしはいきり立って思わず立ち上がり、「一度壊しちゃったら自然はなくなってしまうじゃないですか」と言ったら、計画に大賛成するオヤジが一人立ち上がって恫喝声であたしに言った。

「自然自然と言うが、今まで自然を放っておいていいことは何もなかったじゃないか」

彼は、そして他のオヤジたちも……あえてこの言葉を使う。そこにいたのはオヤジたちだった。五十代、六十代、七十代、八十代。

いや、違う。違わないけど違う。まとめてはいけない。

実はあたしをここに連れてきたKさんも七十代のオヤジだが、でも根っからの自然好きらしく、「自然はほっといてやればいいのに」と常々言っている。

つまり一人一人の個性であり、特性なのだ。それはわかっている。でもオヤジたちに、センダンの木やガマや野イチゴやツバメの群れやカモや珍しい渡り鳥たちよりも、安全で便利でめんどくさくない暮らしがいちばん……と考えている人たちが多いのだ。

そして民間業者を誘致してちんけなビジネスを始めて小金をもうけたくてたまらず、ノボリや騒音で一帯を埋めよう、自然などぶち壊してしまえと考えているのだった。

この時点で、あたしは絶望している。この自然嫌いのオヤジには、何をどう言ってもわかってもらえないだろう。その上こういうオヤジたちは、あたしみたいに、ぽんぽん言いたいことを言う女に慣れてないのだった。そこからかよ……と、あたしはそこにも絶望している。

ボヘミアンラプソディして桜かな

去年のことだ。早稲田の学生の一人が、「先生、『ボヘミアン・ラプソディ』見ましたか」と聞いてきた。「すごいよかったんですよ」と言って、「キラー・クイーン」の歌詞から影響をうけた詩を提出してきた（詩のクラスだった）。そしたらまた別の学生が、「先生、『ボヘミアン・ラプソディ』見ましたか、マジよかった」と言って、クイーンを讃える短歌（現代詩のクラスだけど、俳句や短歌もありなのである）を書いてきた。そしたらまた別の学生が、というふうに、クラスが『ボヘミアン・ラプソディ』だらけになってしまった。

七〇年代、高校のとき、あたしは、必死でロックを聴いてたんだが、クイーンは聴かなかった。

あたしたちの世代には、六九年に四十万人を集めたウッドストックがあった。ああいうのまたやらないかなあと思いながら、アメリカの西海岸のロックをむさぼるように聴いて過ごした十五、十六、十七と、あたしの人生はけっして明るくなかったが、ともかく七五年に二十歳になり、七七年に大学を出た。その年に結婚して離婚した。

八二年にポーランドに行って、八三年にまた結婚して、八四年にカノコを産んで熊本に引っ越した。すぐ保育園に申し込んだけど、入れなくて、半年の間赤ん坊を抱えて、仕事がしたい夫と戦いながら、必死で仕事をした。音楽なんて聴くひまがないほど忙しかったし、ライブエイドにかぎらず、世間のことはなんにも頭に入っていなかったんじゃないかと思う。

でも学生たちからすすめられ、こりゃ見なくちゃと思って映画館のレイトショーに行った（クレイマーは車で待たせておいた）。

その結果あたしも、すごいよかったマジでよかったと相成り、友人にすすめ、隣人にすすめ、カリフォルニアの娘たちにすすめ、そしたら同世代の友人たち何人かからは逆にすすめられ、もう見たよと得意になり、東京に出たときには、近所の映画館にねこちゃんをひきずっていって二回目を見たし、それからしばらくして、熊本の夜、また一人で見に行った（クレイマーはまた車で待たせておいた）。それから国際線に乗る機会があり、機内で、行きに四回帰りに三回、ぶっつづけで見た。

二回目までは無我夢中で見ていたのだが、やがて脇のパーツが気になり出し、三回目の目当ては、フレディ・マーキュリーより、ブライアン・メイとロジャー・テイラーとジョン・ディーコンだった。

主人公はフレディだが、彼だけの映画じゃない。一人一人が、ほんとにていねいに描かれてある。ロジャーはハンサムすぎて光り輝いているし、ブライアンのまなざしには何もかも射貫くような鋭さがある。ジョンの落ち着いてきっぱりしたいかにもベース的な存在がそこに際立つ。

たとえば、あの名曲「ボヘミアン・ラプソディ」の制作中、フレディがブライアンに言う。

「(ロックして) 失うものは?」

「ない」とブライアンが答える。

「そうこなくっちゃ」とフレディが言う。

あたしはここが好きで好きで、何回も巻き戻して見た(機内ビデオの「戻る」ですが)。

またUSツアーのコンサートで、フレディにマイクをむけられたジョンが、少してれた表情で「アイラブユー、ヒューストン(地名)!」と言う。あたしはここも何回も巻き戻して見た。

思えば、バンドのファン心理とは、ファン全員が、バンドの中心の前面にいる華麗なボーカルを好きになるわけじゃないのである。目立たないベースや後ろにいるドラムや顔の長いリードギターだってファンになる子はちゃんといるもんだ。高校のときだって、バスケ部の人気者、ハンサムで背の高いRくんにみんなが群がったわけじゃなく、同じチームの小柄なMくんやメガネのKくん、ゴリラみたいなAくんを、いいなと思う女子はかならずいた。この映画は、そういう女子心もちゃんとすくい上げている。

しかしながらこのロジャー、むやみにイケメンだと思って検索してみたら、本物のロジャーはこんなもんじゃない。

あたしがあの頃、むちゅうで聴いていたのはニール・ヤングだ。検索していただければわかる。今はものすごいおじいさんだ。でも昔は、暗くてシャイな感じのイイ男、でもイケメンというものからは程遠く、作る曲もそうだった。口ずさめる曲もあったが、たいてい重たくて暗くてわかりにくかった。あの頃は、ああいうのがよかったんだろうなあなどということを考えているうちに、おもしろいことに気がついた。

ロジャー役のベン・ハーディに、いつもなんとなく光が当たっているのである。とくに「ボヘミアン・ラプソディ」制作中の農場のキッチンで仲間と口論するロジャーの頭に、上からキラキラと光が当たっている。はて、天窓があるかと目を凝らして見たがよくわからない。むしろ監督が、こうして光を当てたら、すでにハンサムなベン・ハーディが、よりハンサムなロジャー・テイラーに近づくと考えてやってるような気がする。なんてことを考えながら、五回、六回、七回とくり返して見た。

その上曲の歌詞を丹念に検索して、読んでみると、実によくストーリーの展開に歌詞がはまっているではないか。なんだか能や文楽といった、歌と語りの融合した芸能を見るようだなあと感動しながら、さらに、八回、九回、十回と見てたのだった。

クレイマーあたしといたいかクレイマー

クレイマーの危機である。

あたしが早稲田に行っているとき、クレイマーは、友人Jの家で預かってもらっていたのだった。Jの家にはボーダーコリーがいる。賢くて強気な漢《おばさん》で、若くて弱気なクレイマーをうなったり小突いたりしながら、それでもこの一年、それなりに仲良くつきあっていたと、周囲の人間はみんな思っていた。ところがこの春、異変が起きた。あまりに動きが鈍くなったのだった。太り過ぎの中年だからかと思っていたのだが、あまりにも鈍い。数メートルも走れなくなっている。獣医によると糖尿病、原因はストレスだろうということで、しかし、この一年間のストレスになるような変化といえば、クレイマーだ。自分のテリトリーを侵害されたストレスが、たまりにたまって、もともとの糖尿体質が悪化したんではないかというのが獣医の見解で、しばらく二匹を会わせない方がよいということになった。ボーダーコリー的には当然の処置なのだった。

困ったのがクレイマー、というよりあたしである。

いろんな方法を考えた。
一、熊本で、犬ホテルや獣医に預ける。しかしやはり友人の家に預かってもらうのとはわけが違う。クレイマーは一日のほとんどを檻の中で過ごすだろう。
二、東京にクレイマーを連れて引っ越す。しかしあたしは大学と家の往復以外、何もできなくなる。
三、カリフォルニアにクレイマーだけ帰す。
カリフォルニアには友人Cがいる。Cの犬とクレイマーは愛人同士のように仲良しで、Cとはいつも犬を預け合っていた。それでクレイマーの窮状をCに伝えて、カリフォルニアに帰すことになったら、預かってくれるかと聞いたところ「もちろんOK、ただ毎日じゃなければ」というメールが来た。

わが家には娘のサラ子とパートナーのD、パピヨンのニコとパグが住む。サラ子とDは朝早く仕事に出て夜遅く帰る生活で、小型犬ならまだしも大型犬は無理だ。でも「控えとしてなら、なんとかしよう」というメールが来た。

それから訓練士のQ。昔は日本に行くたび、Qに預けて行った。久しぶりに連絡を取ったら「いつでもOK」というメールが来た。でもそしたらQに預けっぱなしになる。ところがどういうわけかクレイマーはQにあんまりなついていなかった。そしてあたしは、以前やっていたように、年に何回も太平洋を往復して（つらい）、クレイマーに会いに帰ることになる。

あたしは何日も何日もいろんな可能性を考えつめた。そしてクレイマーをカリフォルニアに帰す、そしてQとサラ子とDとCを組み合わせて預かってもらうという方向に向かっていった。

だって、熊本にいたら、あたし一人しかいなくて、週の半分は檻の中。東京の生活はあり得ない。それならカリフォルニアの生活の方が幸せなんじゃないか。

でもそれは、あたしの頭がつっ走っていってたどりついた結論というだけで、感情の方はどうも追いついていかないのだった。

今クレイマーをカリフォルニアに送り返したら、もう日本には戻れない（連れてくるのはほんとうにたいへんだった）。そしてあたしはこれからの日々、何年続くかわからない日々を、クレイマーなしで生きることになる。クレイマーはあたしが大好きだ。いつも一緒で、こんなにべたべたなついてくれる。もしかしたら母親だとすら思っている。あたしから離れるのは悲しいに違いない。そしてあたしは、クレイマーを手放してしまったという後悔とともに生きるだろう。

なんてことを考えていると涙がとまらなくなった。私は泣きながら、熊本の山や河原を、クレイマーを連れて歩いた。

クレイマーはあたしが泣いているのをちっとも気にせず、誰もいない河原に行くと、いつもみたいに、遊べ遊べと誘いかけてくる。追いかけてやると、猛スピードで走っていって戻ってきて、楽しそうに笑うのだ。この頃、Jのおうちにいかないねえ、ボーダーコリーともあそばないねえ、なんていうことは、クレイマーは言わない。犬たちは目の前にあることしか考えない。とかいう間にも刻々と期限は迫る。早稲田が始まるまでに結論を出し、動かなくてはならないのだった。

てな感じで数日の間生きていた。気づいたら、あたしまでストレスにやられかけていた。それである夜、親友ねこちゃんにSOSみたいなSMSを打った。

「ねー、ねこちゃん」

四十年前に出会ったときから、ねこちゃんのことをねこちゃんと、名前はねこでもいぬでもないのに、ねこちゃんと呼んできたのだった。

「ほい、どした」と返ってきた。

「クレイマーのこと考えてると泣けてくる」と送ったら、電話がかかってきた。話しながら、あたしはめそめそ泣いたのだ。

「ひろみちゃん、昔もこんなふうだったよ」と昔を知っているねこちゃんが言った。そうだ、三十五くらいのときだ。あの頃男のことで悩んで悩んで悩んで、悩み抜いて、にっちもさっちもいかなくなっていた。

「先のことを考えすぎだよ」とねこちゃんが言った。

「あたしたちはもう充分生きてきたんだよ。あんなふうにならないで済むように、いろんな道があるのも知ってるよ」

それであたしは結論を出した。

クレイマーは手放さない。熊本で一緒に暮らす。

犬ホテルでも獣医でもなく、以前、緊急のときに世話になった愛犬教室の先生に預かってもらうことにした。第三の方法があったのだ。新しい環境にクレイマーがなじむかどうかはわからなかったが、その時点で、それがいちばんいい選択に思えた。そして幸いクレイマーは、愛犬教室の先生が好きになった。今現在、もう数回預けてみたのだが、クレイマーはすっかり心得て、先生の顔を見ると、のそのそ近づいていってキスをする。嫌いな人には近寄りもしないので（前の訓練士のQとか……人間的にはめっちゃいい男だったんだが）、好きなんだなとわかる。そして自分から先生の車に乗り込んで、週の半分を先生の家で暮らす。お金はかかるが、三十五年前の保育園代くらいと思えば、払ってきたんだもの、どうってことない。やっぱりあたしは、クレイマーと一緒に、クレイマーが死ぬまで、生きていきたいと思ったのだった。

鍵盤にさわらぬままで春の風

えーワタクシ、ピアノのお教室に通いはじめました。

そう得意になって報告したかったが、他にさまざま語るべきことがあって、そっちを語っているうちに一年が経ち、あたしは早くもピアノをやめた。でもとにかく六十過ぎてピアノに通い始めた勇気はほめてもらいたい。

娘たちには三人ともピアノをやらせたが、そして長女のカノコは、今、ピアノ教師で生計を立てているのだが、あたしが自分で弾きたいと思ったことは一度もない。

小学校のときにはオルガンというのを習わされ、たいへん苦痛だったからすぐやめた。お習字やお絵かき教室にも通ったが、そっちはとても楽しく、中学に行くまで通い続けることができ、人生の根本の大切なところをしっかり教わったような気もするので、音楽はほんとうに適性がなかったんだと思う。

でもあたしは音楽が好きなのだ。今でこそクイーンしか聴いていないが、それまでは一日中音楽を、とくにクラシックを聴きまくっていたあたしである。昔はピアノ曲が好きだったが、ここ数年はオペラ漬けの日々だった。くり返すが、あの映画でクイーンに出会うまでは。

それなのに、あたしは音楽についてなんにも書けない。書いたこともない。なぜ書けないのか。それがずっと心にわだかまっていた。

小学校も高学年になると、音楽の時間は音楽室に行って音楽の先生に教わっていたのだが、いい先生で、とても好きだった。音階とか調とか、何調を何調に変えるとか、本格的なことをずいぶん教わった。

ところがあるとき「曲を作りましょう」という宿題が出た。音楽の成績はよかったから、ちょろいと思って、あたしは頭に浮かんだメロディを五線譜に書きつけてみたのだが、その後、どうこねくりまわしても曲にならなかった。あたしには曲が作れない。つまり、音楽を作るための基本のルールを何も知らないのだということを思い知った。

「知らない」ことを「知った」という、ある意味すごい瞬間だ。

あたしはどんどん大きくなり、おとなになったらロックを聴くようになり、クラシックを聴くようになり、アメリカにいた頃は、夫がクラシック音楽好きだったから、夫婦仲のためにもよけいハマった。でもどんなに聴いても、あいかわらずあたしは音楽について何も書けないのだった。

いつだったか、「楽典」という音楽の文法書を買って読んでみたが、算数みたいでまるで歯が立たなかった（あたしは算数が、つねに、いつも、ちょー苦手であった）。それでずっと考えていたのだった。日本に帰ったらピアノを習いに行こう、と。

なぜアメリカで始めなかったかというと、アメリカの音楽の先生はバカ高い（一時間で百ドルとかする。それを娘たちには払ってきた）。それにアメリカは音階の呼び方が違う。ドレミはCDEで、ハ長調はCメジャーだ。六十過ぎて、万事に融通が利かなくなっており、新しいことが覚えにくい。とにかく昔ながらのドレミとイロハでやりたいと思った。

初めてのレッスンで、あたしが先生に言ったのは、「ピアノを弾く気はまったくありません」ということだった。

今からピアノを弾くのと、今からダイエットするのは、同じくらいむずかしい。「間違えたり、うまく弾けなかったりして、緊張したり、まごついたりするのはもうこりごりなんです、さんざんやってきたんで、この年になってまでやりたくないんです」とあたしはきっぱり先生に言った。

音楽のきほんが知りたかったのだ。曲というものが、なんでこういう構成になっているのか。小学校の「曲を作りましょう」でできなかった恨み、ないしはトラウマを、今こそ晴らしたいのかもしれなかった。

「バッハなら教えられます」と先生が言うので、バッハの「インヴェンション」を解説してもらうことにした。先生が楽譜を見ながら、同じテーマごとに色えんぴつで線を引いてくれる。するとピンクが、あそこにもここにも出てくる。さっき出てきた緑がまた出てくる。そこに青がかぶさる。またかぶさる。

聴いて知ってたインヴェンションとはずいぶん違う。まるで古い語り物やもっと動的なもの、たとえばダンス音楽、といえばズンバだが、踊る肉体や踏むステップ、あるいは表情や手振りでキレよく語られる落語、そんなものを見ているように思えた。

「この音は終わりたがっている」と先生が言ったときにも、度肝を抜かれた。

「すみません、先生、もういちど言ってください」と聞き直したほどだ。

「終わりたがっているんですよ」と先生はくり返した。

何々したがるのは、人間とかせいぜい犬、そういうものにかぎると思っていた。まさか音に「終わりたがる」なんて意志や感情があったのか。ワインでボディとかノーズなんて言うように、音楽を語る上での特別な言い回しなのかもしれないけど、それ以来、あたしには、音が一つ一つ意志や感情を持って、五線譜の上でうごめいてるように見える。

ろくな生徒じゃなかった。ピアノは弾かないし、予習も復習もしてこない。締切りに没頭して、約束の時間をすっぽかし、先生から電話がかかってきたこともある。一年間休み休み通って何を習ったかといえば、インヴェンションの数曲と「終わりたがる」だ。

簡単な曲を練習しておけば一つくらい弾けるようになったかもしれないと思いつつ、こういうレッスンをこの年になって受けて、音楽の聴き方を教えてもらったことは、けっしてむだじゃなかったなあと思っているのだ。

うははと山笑うわねそうだわね

女言葉は絶滅しかけていると思う。

周囲ではだーれも「わね」や「わよ」や「わのよ」、おっとこれはピノコ語よのさ。とにかく誰もそんな言葉を使ってないのに、海外の俳優や歌手のインタビュー記事なんかでは、女なら「だわ」「のよ」、男なら「だよ」「さ」などと、くっきりはっきり差別されて使われている。

あたしゃ詩人として、公憤と言おうか義憤と言おうか、そんな感情に駆られて、過剰な女言葉を見るたびにイライラしている。

ところがだ。自分のしゃべる声に耳を澄ますと、このあたしが、この格好で、このキャラで、インタビューされてる海外アーティストみたいな女言葉を使いまくっているのである。

とくに早稲田で教えるようになって増えた。なんでかなーと考えてみたら、うちの娘たちに向かって話すような言葉で、学生に向かって話しているからなのだ。女言葉はあたしにとっては実は家庭内言語で、娘たちにはおばさんくさいと思われているのだった。

あたしは東京の板橋の裏町の裏通りで生まれて育った。そのあたりの言葉は北関東弁と東京の下町弁の混ざったもので、男の子たちは「てめー」「おめー」「おれ」「宿題やってねえよ」などとしゃべっていた。これがごく普通の子のしゃべり方で、「きみ」や「ぼく」は、小学校のときには聞いたことがない。

女の子たちは「脱脂粉乳飲んだわ」や「まずいんだよね」などとしゃべっていた。命令形は「食べな」や「しな」だったが、あたしは子ども心に、それがなんか荒っぽくていやだなと思っていて、おとなになったら、「しな」じゃなくて「しなさい」と言おうと思っていた。

こないだ阿川佐和子さんと話していて、阿川家では、母が父に対して、「〜〜ですか」と敬語を使っていたと知って仰天した。

下町の裏長屋育ちのうちの母は、がさつでぞんざいで、父に対してまるで落語に出てくるおかみさんのようなタメロをきいた。

「よ」「だよ」に、ときどき「わ」や「わよ」や「のよ」や「わね」。

あたしの女言葉の原型はここにある。あたしの方がやや女言葉度が高いのは、世代が後なのと、母の子ども時代より社会が豊かになって、教育をちゃんと受けていたせいだろう。いわゆる山の手言葉的な女言葉が、社会の端っこまで広がっていったんだと思う。

　ところが、娘たちが成長していくうちに、あたしの日本語から女言葉が消えた。娘たちは女言葉のない世代の女の子たちの日本語をしゃべるようになって「そうだよ」「そうだよね」「そうなんだよ」「そうだったよね」、あたしもそういう言葉に移行して……と思っていたのだが、この間、小学校の時の友だちに再会しておどろいたのなんの。

　同い年の（つまりショローの）女だが、実にはげしく女言葉を使っていた。あたしたちが生まれて育った土地にいまだに住んでいる人だった。つられてあたしも「そうよね」「そうだわね」「そうだったんだわよね」などと言いながら思い出してきたのだった。

　小学校の時はこうだった。中学校の時もやっぱりこうだった。高校ぐらいから少しずつ女言葉を使わなくなっていった。娘の出現を待たずとも、それは始まっていた。女言葉なんかちんたら使ってられっかーみたいな意識だった。女だって人間なんだーみたいな意識でもあった。閉じ込められてたまるかよ、みたいな。でも、そこには、もしかしたら、方言を使わなくなったという理由もあったんじゃないか。

　おとなになってからできた友だちは、いろんなところで生まれ育っている女たちだ。横浜だったり、北九州だったり、倉敷だったり、熊本だったりする。「よ」「よね」

「のよね」くらいは使うが、「わ」「だわ」「だわね」「だわよ」は使わない。

そうか、女言葉、とくに終助詞「わ」やその周辺は、世代的なもの、かつ、地域限定の方言だったのかーと、あたしは「ユリイカ、ユリイカ」と叫んで風呂から飛び出した人のような気持ちだった。発見、まだ続きます。

あたしが育った東京弁には敬語がない。おとなになってから関西弁の「来はる」や熊本弁の「来らす」みたいな敬語の存在を知って、東京のわれわれは、どうやってあいう日常のプチ敬意を表していたんだろうとふしぎだった。山の手の方には「あら、お兄様がいらしってよ」とか「おビールをお召し上がりでございますわ」などと仰々しいものがあったそうだが、板橋の裏町では聞いたこともない。

ところが、ここにそのヒミツが解けた！

家庭内では娘たちの「そうだよ」「そうだよね」に合わせていったあたしだが、父に対してはそういう言葉遣いをしなかった。

「おとうさん、ご飯の時間よ」とは言ったが、「ご飯の時間だよ」とは言わなかった。

「おとうさん、あたし、もう帰るわね」と言い、「もう帰るね」とは言わなかった。

「おとうさん、おしっこ出たわね、戸をあけるわよ」と言い、「おしっこ出たね、戸をあけるよ」とは言わなかった。

なんとあれは、父に対する、かすかな敬語の表現だったのだ（ユリイカ！）。

考えてみれば、父に対してがさつなタメ口をきいていた母も、「早く食べちゃいなよ」じゃなくて「早く食べちゃってよ」と、「早くしなよ、もれちゃうよ」じゃなくて「早くしてよ、もれちゃうわよ」と言うことで、かすかな敬語を使っていた。そしていずれも、前者は、母があたしに使っていたことばだった。

女として一歩ちょっと引いて、相手をちょっとだけ持ち上げるために、あるいはちょっと関係の緊張をゆるめるために、あたしたちは女言葉を使ってきた。父に使い、母に使い、夫にも使い、子どもに使い、そしてあたしは今、早稲田の学生にも使っているのだった。

青梅をもぐ母ありて娘あり

夜になると、一人でいるのが寂しくてたまらない。それで夜になると、Netflix や Amazon Prime で映画をつける。人の声が聞こえていればいいのだ。

これはねこちゃんに教わった。

前にも話したように、東京で、あたしはねこちゃんちに居候している。夜遅くねこちゃんちに帰ると、ねこちゃんはいつもテレビをつけている。たいてい吹き替えの外国のドラマシリーズのようだ。ねこちゃんはそれを流しっ放しにして、見るともなく見つつ、レシピ書きをしているのだった。

熱心に見てるわけではない証拠に、あたしが話しかければすぐに答えるし、ときには話してるうちに、そっちの音がうるさくなるから、惜しげもなくそれを消す。

ねこちゃんの一人暮らし歴は長い。なるほど、こうやって夜の孤独に対処していくのかと、一人暮らし初心者のあたしは感心し、いつからか忘れたが、その技を使い始めた。

しかし夜は、もちろん仕事をしているから、仕事のじゃまになる見方はしたくない。

おもしろい映画だとつい見入っちゃうし、そもそも字幕だと読まなくちゃいけない。英語は、考えずに聞き取って聞き流せるほどはできないが、まったく無視するほどできなくもない。日本語の吹き替えだと聞き流せるが、日本語を書いてる最中に、日本語は聞きたくない。

こんなときにすばらしいのがあの映画、そう『ボヘミアン・ラプソディ』。音楽がメインで筋はシンプル。DVDで発売されてすぐに買い、つけっ放しにしているから、もうモトはじゅうぶんに取ったと思う。

音楽がメインで筋はシンプルといえば、オペラもそうだ。あたしはだいぶ前にメトロポリタンオペラのオンライン会員になり、それもまた流しっぱなしで見まくり、聞きまくっているので、もうモトはじゅうぶんに取ったと思う。

さて、今は連休中でありまして、たまには何かちゃんと見ようと思い、それで前から見たかった映画『危険な情事』をAmazon Primeでレンタルした。ここのところあたしは「グレン・クローズ祭」をやってたのである。

数年前に『アルバート氏の人生』という映画を飛行機の機内で見た。グレン・クローズが、主役も制作も脚本も主題歌の歌詞も一手にやった映画だった。見始めたら目が釘づけになり、フライトの間じゅう、くり返し見続けた。うちに帰って、自分のコンピュータで、また何回か見た。

すごい役者がいる、すごい女がいる、世界は広い、生きててよかったというのが、その映画の感想だ。

そしたら去年、グレン・クローズ主演の映画ができた。それが『天才作家の妻 40年目の真実』。これがまた、ものすごくよかった。

英語の原題は「The Wife」。ただの妻じゃない、ザ・妻だ。妻がこぶしを振り上げてちゃぶ台をどんと叩いて主張しているようなニュアンスがこもっている。アカデミー賞主演女優賞の候補になっていたが、取らなかった。グレン・クローズはもう何回も候補になっていて、そしてまだ一度も取っていない。

『危険な情事』は、八八年にすごく話題になったサスペンス映画で、女が男をストーカーする話で、ものすごく怖いというのは当時聞いたか読んだかで知っていた。でもあれが『アルバート氏』の、『天才作家の妻』の、グレン・クローズの、三十年前の姿というのは、ついこないだ知ったのだった。それでものすごく見たかったのだった。

いやはや……（ため息）。衝撃だった。

衝撃のほとんどは、いやなもの見ちゃった感からできている。

既婚男に執着する三十六歳の女。その女が、執着する心を持てあまし、オペラをかけた中で、一人で、ぼーっと照明をつけたり消したりしているとき、彼女の執着する男は、妻や友人と、ボウリング場で笑い騒いでいるのである。

ああ、この映画、あたしにとっては、スリラーでもサスペンスでもなく、ただのノンフィクションのドキュメンタリーだった。

今、あたしは六十三歳。三十六歳の女だった頃に、あの地獄の思いを味わってよかった。あれを味わったからこそ、今こうしていろんなものをこの目で見られるのだ。でもあの頃、この映画を見なくて、ほんとうによかった。あの頃見てたら、今頃とうてい生きていなかったと思う。見た後、あたしはしばらく茫然とし、それから何日か置いてまたレンタルし、また細部まで見て、また茫然としたのだった。

近作の『天才作家の妻』の話に戻る。

この映画であたしがいちばん恐ろしく思ったのは（いえ、この映画はスリラーでもサスペンスでもないんですが）、映画の主題になっている作家とその妻の関係じゃなかったのだ。サブストーリーとして、作家とその息子の関係が出てきて、すごい父を持った、あまりすごくない息子の苦悩が痛々しく伝わってくるのだ。

ところが、ですよ。

その映画の中で、グレン・クローズの若い頃を演じている若い女は、なんとグレン・クローズの実の娘。

三十年前の『危険な情事』を見たら、はっきりわかった。昔の母は今の娘とそっくりだった。そしてそれは、娘を持つ表現者の母親が（あたしもそうです）、ものすごくやりたいが、やってはいけない、絶対に侵してはいけない、ひとつの場所だとあたしは思った。

いや、あたしだってやってきた。

「カノコ殺し」という詩も書いた。エッセイにも小説にも、娘たちを書いてきた。あれだけ書いといてよく言うよとみなさんには思われてるかもしれないが、ちょっと違う。詩もエッセイも小説も、フィクションだ。フィクションとして、現実の関係を封印しているのです。しかし自分が六十代の女を主演する映画で、その女の若い頃を娘に演じさせるという行為のどこにフィクションがあるのだろうか。

しかしあたしがそう思うように、グレン・クローズも、物書きが娘のことを書くのは最低だが、役者が娘を自分の主演する映画に出して、自分の若い頃を演じさせるのはアリだと思っているんじゃないか……そうも考え、同じ穴のムジナというやつか！と思い当たったのであった。怖かった。

夏野原ゆめゆめ右折はするまじく

車なしでは暮らせない生活をしている。だから日本に、熊本に、帰ってくるとき、それまでは、帰るたびにレンタカーしていたのだが、何をおいてもまず車を買った。まだアメリカにいるときに中古車センターのサイトで車を選んで、メールと電話で交渉して、ネットで送金して、帰った日に住民票を取って各種手続きして、すぐ乗れるようにしておいた。

八十万円の軽の中古で、ダイハツのソニカ。それ以来ずっと運転している。空港に行く。買い物に行く。野山に行く。獣医に行く。クレイマーがいつも後部座席に座っている。まったく、なしでは暮らせないのである。

でも、今、高齢者の運転が問題になっている。それが他人ごとじゃない。でもまだ大丈夫だ。そのうち、もっと老いてもっと衰えたら運転もやめるだろうけど、まだ大丈夫。

そのときになっても、まだ大丈夫と思うんじゃないか。

あたしは夫ができなくなっていったのを目の当たりに見てきた。

夫が七十五歳のとき、車を買い換えた。あたしが勧めてAT車にしたのだった。ひろみがAT車がいいって言うからしかたなく、などと周囲には言っていた。AT車を運転し始めたら、夫はあっという間にMT車の運転ができなくなった。

夫が八十五歳のとき、末っ子トメが大学に進学して、あたしの車を持って行った。それ以来うちには一台しか車がなくなった。最初はもう一台、あたし用のを買おうと思っていたのだが、まもなく、必要ないことに気づいた。夫がもう運転しなくなっていて、どこかに行くにも、あたしが運転して連れて行くようになっていたのだった。いやもっと前からだ。白内障の手術してから、夜の運転をしたがらなくなった。そのとき夫七十六歳。

昔は夫と二人で、代わる代わる六、七時間の長距離運転して、子どもたちを訪ねて行ったものだが、それもあたしが一人で担当するようになった。そのとき夫七十八歳。イギリスでレンタカーしても（夫はイギリス出身）、あたしが一人で運転するようになった。そのとき夫七十九歳。

次女のサラ子の大学の卒業式に行ったときには、サラ子の彼氏も同乗していたので、いいところを見せたかったんだと思う。おれが運転すると言うから運転をまかせたら、暴走して違反切符を切られた。夫八十一歳。

近所の運転はやめなかった。薬局や、医者や、ちょっとした買い物や。でも赤信号無視して違反切符を切られたのが、八十四歳のとき。それで完全に運転しなくなった。

でもその後も「おれはできる」と言い張っていた。

「できないと思ったら正直に言うからって、おまえと約束した。まだできる。できないとは言ってない」……むちゃくちゃだった。とにかくなんとか言いくるめて、あたしが運転した。死んだのは八十八歳になる直前だ。

それが、明日はあたしの身の上なのだ。あたしは対策を考えた。

今度買うときにMT車に乗り換えたらどうか。ギアを入れてアクセル踏めばやっぱ走るけど、MT車の方が、運転できなくなったということに早く気づくんじゃないか。坂の上や混んだ交差点でエンストしたら、そのときの恐怖は、この間の池袋の老人のような、自分ちの駐車場に入れられないなんていうのよりずっと大きな恐怖で、「運転やめなきゃ」と真剣に思うだろう。

でもできるなら、あと数年この古いソニカをもたせたい。そして今どきはなかなかMT車を買えないらしい。そこであたしは、自分の運転マニュアルを立て直した。

以前から自分に課していた「右折禁止」をさらに徹底することにした。

あたしは右折をしない。遠回りになっても三回左折をすれば目的地に行き着く。

数十年間これが運転の基本だったんだが、だんだん守らなくなった。熊本に定住してみると、やっぱり右折した方が便利なところもあるからだ。ところがここ数回、右折で、怖い目に遭うのである。

とくに怖いのは、左折するつもりだったのに、お、車が来てないから右折できるととっさの判断して、右に曲がるとき。

そのとき、あたしの心は、右右右右右とそれしか考えておらず、あたしの目は、右方向以外の何も見ていないのだった。

昔もろくに見てなかったが、ここまで見てなくはなかった。今は本当に見てない。あるいは見えてない。

ああ、これこそ真の老化である。だとしたら免許返上も早晩考えねばならないが、それじゃ熊本で生きていかれない。

それであたしは、もう一つの運転の心得を自分にしっかりと課したのだ。

出発する前に、通るルートをちゃんと決める。それを頭の中で、慎重にシミュレートする。知らない道も知った道も必ずそうする。どんな近場も行き慣れた道もそうする。遠くの行ったことのない道はなおさらだ。そして、行くと決めた道以外の道は、どんなに道が空いていようと、思いがけず右折ができようと、絶対に行かない。愚直に、慎重に、予定通りに、運転していく。

これまでのあたしの生き方に反するみたいだが、それでもあたしはこれを守る。

梅雨だくやしょうゆの味はママの味

先日あたしは群馬県の前橋という町に講演しに行ったのだが、その前にお昼をごちそうになった。控え室のテーブルの上に置いてあったのは「鳥めし」というもので、駅弁のような形をしていた。

駅弁、もちろん大好きなのに、飛行機ばかり乗ってるから、食べる機会がない。あたしはきゃっと喜び、「前橋の駅弁ですか」と聞いたら、「いえ違います、何々の鳥めしです」と言われた。

その何々が聞き取れなかった。みんなが知ってて当然な、とらやのようかんとか、カルビーのかっぱえびせんとか、そういう感じでその人は言ったのだ。

四角い箱をぱかっと開けると、箱いっぱいにご飯がつまっていて、その上に鶏の胸肉の薄切りが敷き詰められていて、沢庵や梅干しがついていた。食べ始めてみたら驚いた。ご飯はしょうゆ色でしょうゆ味だった。鶏肉もしょうゆ色でしょうゆ味だった。

講演の前は満腹になりたくないのに、なぜか箸が止まらず、しょうゆ味のご飯を、それからしょうゆ味の鶏肉を、またしょうゆ味のご飯をと、ゴクリゴクリ飲むみたいに食べすすめていく自分にもびっくりした。

鶏肉やご飯にしみとおったしょうゆが、あたしの五臓六腑にしみとおっていくにつれ、あたしは母の作った煮しめを思い出し、母の作ったおつゆを思い出した。もしかしたらうちの母が鳥めしを作ったら、まったくこんな味になったんじゃないかと思われた。

聞き取れなかった部分を聞き直すと、それは「登利平《とりへい》の鳥めし」で、前橋に本店があり、群馬の人のソウルフードとも言えるお弁当なんだそうだ。

あたしが長く住み、関わり、帰り、今でも住んでいる熊本というところは、味つけ全般がほんとに甘い。しょうゆも甘い。みそも甘い。うなぎも甘い。そばつゆも甘い。卵かけご飯用の特製しょうゆなんて、茶色の砂糖だれかと思うほど甘い。甘いな甘いなと、何かにつけて思いながら暮らしてきたが、知らないうちにすっかり慣らされていたのである。

母は「ひろみ」の「ひ」が言えなかった。東京の浅草で生まれて板橋で育った。あたしは生まれも育ちも板橋区だ。

母の作るものはしょうゆで煮しめたようなものばっかりだった。

いや母のために言っておくと、本人は自分はとても料理上手と思っていて、人からもそう思われていて、実際ご近所からおすそ分けがあったりすると、やっぱり母の料理の方が現代的でおいしいと子ども心に思ったものだ。母の料理はどこか垢抜けてはいたけれどもしょうゆ色だった。よそのおばさんの垢抜けない料理もまたしょうゆ色だった。

昔、母が病院で寝たきりで、父が独居していたとき、お正月の間はヘルパーさんがお休みだったから、サラ子とあたしが交替で熊本に来て、父とお正月を過ごしていた。ある年、サラ子がお雑煮を作ろうと、寝たきりのおばあちゃんのところに行って作り方を聞いたら、「おなべにおしょうゆをどぼどぼと入れて、もういいかなというところで止める」と教わったそうだ。

当時、母はかなりボケていたから、真偽のほどはわからない。サラ子は笑っていたけど、母の味をよく知っているあたしには、だからああだったのかと納得できた。

母の作るそばつゆは、みりんとしょうゆが一対一で、まっ黒だった。母はそれを、そばにも使ったし、うどんにも使った。しょうゆはつねに濃口で、母の台所には、薄口しょうゆなんて存在もしなかった。

しかし思春期をすぎた頃、あたしは気がついたのだった。母はどうも自分で言うほど料理上手じゃなく、その料理はまったく洗練されてなく、むしろダサいということ。料理の本を見ると、色が薄くて品のいい関西風のあれこれが載っている。同じ食材を使っているのに、こんなに違う。若い頃のあたしは、しょうゆ色の料理を食べながら育ってきた自分を、少しばかり恥じていた。

やがてあたしは関西出身の男と家庭を作り、よい料理を作ろうと心がけ、薄口しょうゆも使うようになり、しょうゆ色から脱したが、しょせん付け焼き刃だった。彼と別れたとたんに薄口しょうゆは使わなくなった。

カリフォルニアでも、ナンプラーは使ったが、薄口しょうゆは使わなかった。それぞれ家庭を持っている娘たちも、薄口しょうゆは常備してないと思う。

あの、あたしが忘れようとした、田舎くさい、味の濃い、塩っからい、母のおつゆや煮しめ。茶色いしみのついた割烹着《かっぽうぎ》。

つるつると思い出すのが、母のあの、大きくて垂れていた乳房から噴き出していたしょうゆ色の乳汁（……覚えてないが、想像できる）。それから、板橋の人たちの、江戸弁よりかなりしょうゆ色にどす黒い東京北部弁（まさにあたしの母的言語だ）。空の色や、空っ風。板橋の路地裏の風景や、空き地に生えていた雑草たち。あたしたち。

登利平の鳥めしを食べながら、あたしはそこまで思いを及ばせた。「鳥めし」おいしかったですと言うと、前橋の人はまるで親戚の誰彼をほめられたみたいに喜んだ。

あたしは、今後、こういう関東のしょうゆ味としょうゆ色を、ダサいとか泥くさいとか田舎くさいとか思うまい。思わなくていいのだってことに、気がついたのだった。

梅雨明けや海を挟んで長電話

飛行機の中で、搭乗してすぐ、落ち着く前に見るビデオがある。機内安全ビデオという。飛行機の乗り方というか、心得というか、危機をどう乗り越えるかという人生の教えまで含まれていて、これがなかなか深いのだ。

前は客室乗務員が通路に立って、実際の器具を持って実演してみせていたものだが、しだいにビデオに変わったのだった。そのビデオも最初の頃は、客室乗務員がやっていたことを説明していただけだったのに、しだいに各航空会社がおもしろいビデオを作るようになってきた。

たぶん数年前くらいにニュージーランド航空のがおもしろいと評判になり、それから各社が競って、ユニークな、人がつい見てしまう、ときにはおもしろすぎて、何を見てるのかわかんなくなるような、そんなビデオが作られ始めたかと思う。

この頃は、ANAがとてもおもしろい。

ほんものの歌舞伎役者、顔にすじの描いてある「梅王丸」という豪壮な男、取り澄ましたような顔の女、町人らしいやさ男、子役の四人が出てきて、「荷物は前の座席の下に」とか「たばこを吸ってはいけません」とか、「逃げるときに写真撮影はいけません」とかを、歌舞伎的に説明してくれる。

降機のときにはそのビデオのメイキング映像も流してくれる。それを見るうちに、我先に進む人たちのせわしない心がしずまっていき、人に譲ろうという余裕も生まれてきて、たいへんありがたい。

あたしがいちばん好きなのは、上から酸素マスクが降りてくるシーンだ。「自分でマスクをしてから他の人を手伝いましょう」と必ず説明が入る。子どもを連れて行き来していたときから、ずっと見ている。

見るたびに、アレ変だなと思ってきた。だって子どもを助けたい親心は、やっぱり、まず子どもにマスクを装着してから自分、と思う。でもそれじゃだめなんだ。親に意識がなければ、子を助けることもできない。

まず親が自分の酸素を確保する。それから子どもを助ける。でないと共倒れになってしまってだめなんだなあと、そのたびに考えるのだった。

その上おもしろいことに、どこの航空会社のも、そのシーンには必ず子どもが出てくるのだが「あなたの子ども」とは言ってない。ほとんど「他の人」と言っている。

うむ。それを見るたびにあたしは考える。子どもも、しょせんは他の人なんだなと。

まさに親子関係というものを、そして自分らしく生きるということの大切さを、ぐさりと言い当てていると思う。

あたしはね、がさつぐうたらずぼらなどと言って適当に放り出しているように見えますけどね、たぶんみなさんにはもうかなり見透かされていると思うけど、実はたいへんマメなんです。このマメさで、遠距離恋愛も、遠距離家庭も、遠距離育児も、遠距離介護もやってきて、父ともつながってきたのだった（父も基本的にとてもマメな人だった）。

この頃、娘たち、とくに上のカノコと末っ子のトメがいろいろと考えることがあるらしく、あたしによく電話してくる。

電話というか、WhatsAppというアプリの通話機能を使って話すのだ。

最初はチャットでやりとりしているが、もどかしくなって電話じるしのアイコンを押して通話機能を使う。そして一時間、二時間としゃべっていることがある。

「ずっと人をしあわせにしようと思って生きてきたような気がする。自分がほんとうにやりたいことをしてきてない」

これを言ってたのはトメだった。

トメが四歳のとき、何かやって夫に叱られて、「いいかトメ、自分がしあわせになるのと、友だちがしあわせになるのとどっちが大切なの」と真顔で質問されたことがある。そんなの誘導尋問じゃないか、四歳の子に向かって何をむだな問答を……と思いながら見ていると、トメはまっすぐ父親の顔を見て「じぶんがしあわせになる」と言ってのけたので、あたしはものすごく感動したものだ。……あの悪たれが、こんな人間らしい悩みを抱えるようになるとは。

「自分勝手だと思うし、酔ってるのかもしれないとも思う。でも、今、したいことしなきゃって思うの」

これはカノコだ。

カノコもトメも、自分になりたいんだろう。あたしもそうだった。いちばん最初にそんな思いがきざしたのが三十五くらいのときだ。今のカノコの年だ。自分らしさなんて言葉は当時は考えていなかったけれども、今から思えば、それしかない。でもあの頃、あたしは悩みすぎて考えつめて精神的につぶれてしまった。うつになって、抗うつ剤を濫用《らんよう》してほんとに死ぬかというところまで行ったのだった。何年間もろくなものが書けなくなってさらに悩んだ。あんな状態じゃなかったら、もう少しいい形で家族の解散ができただろう。よけいな苦労もしたし、娘たちにも苦労させた。でも経験したからこそ、あたしにはわかる。あの機内安全ビデオでいつも言ってるようなことなんだ。

まず自分。それから他の人。

娘たちには、つぶれるような苦しみは味わってもらいたくない。そして自分らしさをまっとうしてもらいたい。あたしが娘たちに言いたいのは、母親として、これだけだ。

「あたしはいつもあんたのそばにいるよ。いつも味方だよ」

タオルつまむように仔猫ひろいけり

捨て猫を拾った。拾いたくて拾ったわけじゃない。拾ってしまったったったった、てな感じだった。生後三週間くらいの、小さくてはかなげな仔猫が四匹。

あたしは今でこそ犬ありきの生活をしているが、若い頃は猫だった。

四十年前にもなるのか、この年になると、ちょっと昔話するだけでこんな昔に遡《さかのぼ》る。とにかく四十年前。最初の離婚した直後、人からおとなの雌猫をもらいうけた。それが当時のあたしの、若いのにずたずたに傷ついていた子宮にも心にも、すっぽりと入りこんできた。あたしが猫を飼い始めたというより、あたしの中のホルモンがあたしを操って、猫に体を引き寄せ、重ね合わせたようだった。それからしばらく何匹も猫を飼った。当時は猫を外に出して飼っていたから、車にひかれて死んだ猫もいる。帰ってこなくなった猫もいる。一人で飼って、二人で飼って、家族で飼ったっけ。

ねこちゃんちには、十年前から本物の猫がいる。あたしは先代の猫には嫌われて「しゃーっ」と威嚇されていたが、今の猫は、よそから帰ると、体をこすりつけに来てくれる。いつも家にいるから、家族と認識してくれてるのかもしれない。

カノコも猫を飼っている。カノコが二十五くらいのとき、子どもを生みたいと言い出して、あ、なんかわかると思っていたら、仔猫を二匹飼い始めた。あたしは、あーカノコのホルモンが猫を子宮にーと思ったものだ。

ところが、である。こないだ梅雨の明けぬ空がちょっと晴れて、クレイマーを散歩に連れ出したときだった。河原の遊歩道の上に、仔猫がぽとぽとと落ちていたのだった。

さいわい一人じゃなく、友人Sが一緒にいた。クレイマーにとっては、猫は「全力で追いかける」もの。たちまち追いついて、がつがつと喰ってしまいそうだったから、動きかけたクレイマーの体をあたしがぐっと押さえ、その隙にSが四匹を拾いあげた。見れば三週間くらいの、年端もいかない仔猫であった。河原の野猫の子かとも思ったが、ひらけた道の上に落ちていたのがどうも解せない。その上仔猫たちはあきらかに人慣れしていた。やっぱり捨て猫のようで、つれて帰るしか方法がなかったたった。

クレイマーは、猫を抱いたあたしの周囲を歩き回り、腕の中のものを見ようと伸びあがり、ジャンプまでし、はあはあと息づかいを荒くして、だらだらとよだれまで垂らして、「おかあさん、何ですか、それ、何ですか、それ、ちょっと僕見たいんですけど、もしよかったらがぶりと僕が、ねえ、おかあさん」と言いつづけるので、あたしは立ち止まり、膝を突いて、仔猫をクレイマーの方に差し出してよっく見せ、「これは仔猫で、あんたが食べたりかみついたりするものではない。あたしは変わらず、あんたのことが大好きだから」としみじみ話しかけてみた。

あたしたちの使用言語は半分英語なので「I love you」としょっちゅうクレイマーにささやいている。そしてそれはとてもよく効く。クレイマーは納得した。

その日は、猫経験のあるSが家につれて帰り、一晩の世話をしてくれることになった。そしてあたしは友人知人に電話をかけまくった結果、猫好きネットワークから、友人Bが少し前に猫をほしがっていたことを知り、Bに電話すると、「一匹もらいたい、妻は専業主婦だから、当面は四匹の仮親になってもいい」ということで、あたしは翌朝、仔猫を友人Sから引き取り、獣医につれていって健康チェックとのみ取りをしてもらい、Bの家につれていったのだった。

Bはなんと新婚であり、妻も夫もともに五十代の新婚に、仔猫はどう作用するだろう。あたしがそんなことを考えるうちにも、二人は仔猫たちを手厚く育ててくれて、仔猫の写真が日々送られてくる。そしてどんどん変化していく。

拾った当日の仔猫たちは小さくて薄汚くてちぢこまって、眠っている子もいたがよく鳴く子もいた。でもそれは、目の前の厳しい現実があんまり不安だから鳴いているのだというふうだった。B夫婦に引き取られて四日目で、送られてくる写真の仔猫たちは、もう手足をながながと伸ばし、おなかを丸出しにし、安心し、頼りきった表情で熟睡する飼い猫になっていた。

四匹の中に、この子は弱いかもしれないから気をつけてと獣医に言われた子がいた。その子が、よちよちした足取りでB妻の膝に乗りに来て、おかあさんをまっすぐみつめて、小さな口をあけ、にゃーにゃーと話しかけている動画も送られてきた。結局、このいちばんひ弱な子がB妻に愛されて、この子ともう一匹が、B家の子として残ることにきまったのだった。

しかしかわいい。ほんとにかわいい。見飽きることがない。あたしがやったことといえば、河原で拾ったことと獣医につれていったことくらいなのに、かわいくてたまらない。

もしかしたら仔猫とは、他の動物とはまったく別レベルのかわいさを持つ生き物で、そのかわいさは暴力的であり、魔性的であり、これに比べると、犬のかわいさなんてごく常識的で理性的なかわいさでしかない。仔猫たちに比べれば、クレイマーが、おっさん臭い「犬のおまわりさん」にしか見えない。

あたしも飼いたいけど、飼って猫エッセイ書きたいけど、この生活でどう飼えるというのだ。股旅で、クレイマーで、学生で、手いっぱいで。

炎天を乳房の垂れる自由かな

グレイヘアですねと言われることがある。ええまあ、とはっきりしない答えを返しているのは、実は違うからだ。グレイヘアをしている人たちに共通する、さっぱりすっきりした感じ、自分らしく年を取りたいという意識があたしにはない。むしろ「かまわない」の結果の「染めてない」なんじゃないかと思っている。

年のわりにあたしの髪は黒いほうだ。でもやはり年は年だから、額の生え際、びんの毛あたりはかなり白い。目立ち始めた頃、染めてみたことがある。ところが母に見せたら、母はその頃だいぶボケていて、「あら、あんたじゃないみたい」と言われた。

その頃あたしは幅の広いスカートみたいなパンツ（スカーチョとかいうそうだ）を愛用していたのだが、それは父から「おれはあんたの格好あんまり好きじゃない、昔はいてたジーパンがいい」と言われた。

それ以来、髪は染めないし、ジーンズしかはいてない。この年になると、親の言うこともホイホイ聞ける。

髪を染めないのにはもう一つ理由がある。パーマなんである。今の髪型にしてカレコレ二十年。すっかりなじんで、パーマをかけられなくなるときまでこのままでいたい。それで律儀に美容院に行っている。ところがなんでもパーマとカラーは同時にはできないそうだ。昔、子どもの予防接種のときに、コレとコレはいっぺんにはできないから間を空けて……と考えたっけなあと思い出しつつ、なにしろ二か月にいっぺんのパーマ時間を捻出するので精いっぱいだから、カラーなんてやってる時間はない。「かまわない」の結果とは思いつつ、美容院で鏡を見ながら、かなり早期に出した結論でもあったのだった。

化粧はしないわけじゃない。何か塗るし、目の周りもまあいちおう塗る。ところが早稲田で教え始めてから、学生に見せてどうなるということで、どんどんいい加減になっていき、手抜きが止まらなくなり、今じゃほとんどすっぴんだ。

女子学生はよく化粧している。すっぴんじゃ人前に出られないと思っている子も多いようだ。そんなことない、いくらでも出られるよ、と教えてやりたい。

ブラはする。

あたりまえじゃんと思わないでください。若い頃はノーブラだった。そういう世代だったのかもしれない。ぽつりと乳首が見えるのが気になったが、誰も気がつきゃしないだろうとタカをくっていた。

ところが四十代になった頃、ねこちゃんにブラをもらった。「これしていきなよ」

と言って出してくれたブラをつけてみたら、気持ちがよかった。サイズはたぶん違うから、ブラの中で乳房がガバガバしてたはずなのだが、それでもなんだか気持ちがよかった。思うに、ただのブラというより、ねこちゃんのパワーをゲットしたような心持ちで、オオカミの牙を首にさげ、ハクトウワシの羽根を頭に飾るような心持ちで、東京を歩いていたんじゃないか。

それから何回か、ねこちゃんのブラみたいな高級ブラをデパートで買ってみた。ブラをすれば、しなびて垂れた乳房がぐっと寄せられ、中央に盛りあがるのだ。例のスカートパンツで女っぽい格好をしていた頃だったから、盛りあがる胸や深い谷間はじゃまにならなかったし、おもしろかったとも言える。

それからしばらくして、あたしはズンバを始め、スポーツブラが手離せなくなった。パッドが入っていない分、自分に近いし、ありのままの自分だし、上半身をきゅっと締めるから、これから踊るという覚悟がいや増し、生きるという覚悟もいや増す。ふんどしをきゅっと締め込む感じに近いかも。カリフォルニアを出る前に同じやつを大量に買い込んできたから、まだそれを使っている。

というわけで、春秋冬はスポーツブラで何の問題もないのだが、この夏、あたしは暑さにへこたれた。着脱のたびに、スポーツブラが肌にはりつく。すでに汗だくなのに、着脱でさらに汗だくになる。ブラも、乳房も、女であることも、呪ったものだ。

早稲田では「文学とジェンダー」という授業を受け持っている。春学期には、学生たちと、#MeTooについて話し合い、それから#KuTooについても話し合った。真剣にみんながいろんな意見を出し合った。ヒールの靴をはいて水ぶくれになった足の写真を送ってくれた女子がいたから、それをみんなに、三百人の大教室でスクリーンにうつして見せたりもした。そしてその間、あたしは少しずつ考えていたんだった。いっそのこと、#BraTooもやっちゃったらどうだろう。

そう思ってある日、あたしはノーブラで大学に行ってみた。

この夏、あたしは麻の白シャツにハマっていたのだった。スポーツブラをすると、へんにブラだけ透けるから、タンクトップも着ていたのだが、これならタンクトップだけで、乳首が見えるのも、乳房が両脇に垂れるのも、それから暑いのも、ある程度抑えられると考えて、そのまま地下鉄に乗って登校して授業にも行った。誰にも気づかれなかったし、気づかれたって誰が何を言うか。この年の女に。そして誰にも「先生、今日ノーブラですね」と言われなかった。

ジェンダーのクラスで宣言すればよかった。でも男子もいっぱいいるクラスだから、セクハラとかパワハラにもつながりかねないと思って（びびって）宣言できなかった。しとけばよかった。だってそれもまた、乳房を持つ女の、ありのままの自分でいるという権利ぢゃね？

てことで、このままあたしは #BraToo のブラなしで生きていきたい。いけるかしら。

秋茄子の内側も熱秘めてゐる

人といっしょに暮らすとはこういうことなんだなと思ったのは、トイレの蓋《ふた》の開け閉め。

これはちょっと前に、阿川佐和子さんと話したときに出た話だ（『婦人公論』二〇一九年六月一一日号）。阿川さんと新婚の夫との生活で、たとえばトイレの蓋を開けとくか閉めるかが違うと阿川さんは言っていた。夫か阿川さんかどっちかが、トイレの蓋を閉める方で、どっちかがトイレの蓋を開けたままにしておく方だった。

その話を聞いて、ねこちゃんちに居候中のあたしが、あ、と気がついたのが、トイレの蓋だった。ねこちゃんは閉める。あたしは開けたままだ。

開いてるのが「基本」で、閉まってるのは「閉めた状態」と思っていた。死んだ夫はトイレの蓋どころじゃなく、便座まで上げたままにしておく男で、いっしょに暮らした二十数年間、ずっとそうだった。

夫がいなくなってトイレの便座はいつも便器の上にあり、蓋は開いてる状態だったが、男の来客があって便座が上がったままになっていると、小さい土足で上がってこられたような感じで、ちょっとムカついたものだ。

よくよく観察してみると、ねこちゃんちの便器はいつも蓋が閉まっている。なるほど、「基本」は、人によってほんとに違うんだなとあたしは考えた。今まで四十年間気がつかなかったねこちゃんとあたしの違いだった。

それで今、あたしはねこちゃんちでトイレの蓋を閉める。熊本の自分の家でも、早稲田の校内でも、トイレの蓋を閉める。

さて、トイレの蓋より大きな違いが、夏場のエアコンの問題である。

夏の初めというのは、みんな暑さに慣れてなくて、自分の体感温度に合わせて、エアコンを入れたり入れなかったりする。

ねこちゃんの体感温度は、あたしよりかなり低い。汗もあたしほどかかないし、湿度にも、あたしより耐性がある。あたしにとってはミストサウナじゃないかと思える室内でも、「あついね」と言いながら、平然とレシピを書いている。

あたしは更年期のホットフラッシュ以降の高止まりで、すごい暑がりだ。その上二十数年のカリフォルニア暮らしで、あの日照りで干ばつの気候に慣れちゃって、日本の人々がまだ平気と思っている五月や六月でも、あたしにとってはまるで泳いでいるようだ。それで夏はエアコンなしではいられない……エコ的に、ほんとにスミマセン。

やがて季節は盛夏になり、さすがのねこちゃんもリビングをエアコンつけっぱなしにするようになり、あたしはリビングのソファで寝るので、夜の間もつけっぱなしにしてくれるようになった(ねこちゃんは彼女の寝室で寝る)。

ある夜、あたしは寝苦しくてどうにも眠れなくなり、エアコンのリモコンを見ると、夜間の設定温度が二十八度。それが、ねこちゃんがあたしのために、寝やすいようにと設定してくれた温度なのだった。二十八度、あたしにとっては、のたうちまわる適温なんである。

その頃、ねこちゃんちは、おでんのにおいが充満していた。ねこちゃんが、冬に出す「おでんの本」を作っていたからだ。外はカーンと頭をぶち割られそうな非情な暑さ。家に帰ると、中は芯から温まりそうなおでんのにおい。

日中は、エアコンをフル稼働させながら、汗だくになっておでんを作る。そして夜、エアコンの設定温度を高くして、おでんの残りは(あたしのために)冷蔵庫にしまって、レシピ書きをする。そんな家主に対する敬意も遠慮もあり、また、この暑がりはあたしの生理とあたしの性格が、コレこのように極端なせいではないか、これはまさにあたしの人生の問題なのではないかとも思えてきて、室温を下げてくれろと言い出せなかった。

とか言ってるうちに、寝室のエアコンが壊れた。「壊れちゃってさ」と言いながら、ねこちゃんはやっぱり寝室に寝るのだった。

「リビングでいっしょに寝ようよ」と言っても、「大丈夫だよ、寝る前にシャワーあびると涼しくなってよく寝られるよ」とそのまま寝室に寝るのだった。

夜、トイレに行くとき（蓋は閉める）のぞいてみたら、本物の猫たちと人間のねこちゃんが、三にんで、ベッドの上で寝苦しそうにのたうっているのだが、朝になると、「そうでもなかったよ」と言うのだった。「夜、寝ている間に熱中症にかかる高齢者はみんなそう言うんだよね」とあたしは言ったが、もちろん聞きゃしないのだった。

ほんとに暑かった一夜、さすがにねこちゃんも、エアコンの利いたリビングに出てきて、床に布団を敷いて寝たのだが、夜明け頃、また寝室に帰っていった。

「エアコンが利きすぎて、寒くなって肌が痛いくらいだった」と朝になって真顔で言うので、口には出さねど、こうやって人は高齢化していくのだなあとあたしは考えた。

人は人の体感温度を共有できない。昔もそうだった。

夫が生きていた頃、トイレの蓋ではケンカしなかったが、窓の開け閉めでケンカになり、ヒーターをつけるつけないでケンカになり、つまらないことでケンカしたな、少し譲歩してやればよかったと今では思えるけれども、あの頃は、相手の体感温度をぜったいに共有できなくて、我慢してると強要されている気分にさえなって、ケンカを始めた。ところがねこちゃんとは、いろいろ考察するばかりで、いっこうにケンカにならない。これが女友達というものだと思う。

つれなくて愛して犬の男ぶり

クレイマーには不思議な習性がある。

家の中と外とで人格が違うのだ。

家の外ではあたしにラブラブで、ハグされるのも、なでられるのも、タオルで拭かれるのも大好きだし、あそべあそべと誘ってくるし、とにかくあたしが「アイラブユー」と言うと、いつもそれに「アイラブユー」と熱烈に応えてくれる。

ところが、家の中では近寄ってこない。

多分あたしが家の中で、クレイマーに背を向けて、必死の形相で仕事をしているからだと思う。クレイマーは、そんなあたしは放っとくにかぎると思っているんじゃないか。でもそれがなんだかとても寂しい。

寝るときがいちばん寂しい。

さあ寝ようかとあたしが言うと、それまであたしのベッドの上に寝ていたクレイマーがさっと降りて隣の部屋に行く。

そこは昔は居間だったが、去年日本に住み着いてから、買った集めた育てた植え替えした観葉植物が五十鉢ほど置いてある。

その鉢々のかげに犬ベッドがある。前の犬の代から使い続けて、すっかりせんべい布団になっているが、クレイマーはそこで眠る。

あたしのベッドの足元にはもう一つの犬ベッドが置いてある。新しくてフカフカだが、クレイマーは来ない。

ところが朝になって目を覚ますと、足元の犬ベッドにクレイマーが寝ている。なでてやろうと手を伸ばすと「ハイ、それまでョ」と昔の植木等の声が高らかに聞こえそうなくらい、きっぱりした態度で立ち上がって部屋を出て行く。それでも、あたしが居間に行けばクレイマーも居間に、あたしが仕事部屋に行くとクレイマーも仕事部屋に、必ずついてきて、少し離れたところで寝ていた。

夏休みの間は、学生が何人も来た。三人来てまた一人来て、また二人来た。あたしの車は四人乗りの軽だけど、でかい学生三人にクレイマーを詰めこんで、あちこちに連れて行ったりした。後部座席はクレイマーの場所なのに、いやがらず学生たちと場所を分け合った。Y君が先に乗り込むと、クレイマーは順番順番と言わんばかりにY君の隣に乗り込み、後から入るK君のために少し体を寄せてくれたりもした。

学生たちは居間で寝た。邪魔にならないように、あたしはクレイマーを自分の部屋に入れてドアを閉めた。クレイマーは朝までちゃんとあたしのそばで眠った。「やればできるじゃないの」とあたしは思ったものだ。

ところが学生たちがみんな帰ったら、クレイマーはまた、寝るときに居間の犬ベッドに寝に行くようになり、そして今度は、朝になっても帰ってこなくなった。こんなことはこれまで一度もなかったことだ。

目を覚ますと、そこに誰も寝なかったのが明白な犬ベッドがある。なんだか、『蜻蛉日記』の作者にでもなった気分だった。

若い頃にこういう思いをしたことが何度もある。まさか今更、たかが犬で、同じような思いを味わうことになるとは……。

しかしあたしだって昔のあたしじゃないから、冷静に一計を案じた。

自分のベッドを捨てて、居間で寝ているクレイマーのそばに布団を敷いた。これなら手もつなげるし愛撫もできると思ったが、クレイマーったら、すっと立ち上がり、「うっとうしい」と言わんばかりにちょっと離れたところに行き、板の間の上にごろんと寝た。

あたしだって、ほんとうに昔のあたしじゃない。悲しい目にもつらい目にもいっぱい遭っていっぱい泣いて、今ここにいる。

こんな、一見思慮深そうには見えるが、実はたぶん何も考えてない、動物として衝動的に動いているに違いない犬なんかに、心を乱されてたまるものかと考えた。

男がそういう態度を取れば、心は千々に乱れたし、執着はより強まった。相手の男もただじゃおかなかった。ああ、あの苦しさを思い出した。でも今、相手は男じゃなくて犬だから、ただの野生の呼び声かもしれないと思えば平気でいられる。犬でよかった。

で、クレイマーは、家の中ではそんなふうに気難しいのに、外に出れば相変わらずラブラブのべたべた。股の間に首をつっこんでくるわ、体をこすりつけてくるわ、体当たりしてくるわ、「アイラブユー」と言いっぱなしの男みたいな犬である。

いちめんのクレオメオメオメあの日暮れ

あたしは植物好きだ。家の中には今、七十鉢ほどの観葉植物の鉢がある。カリフォルニアの家には最盛期二百鉢あった。家の中が園芸店みたいだった。親の介護で行ったり来たりしているうちにどんどん減って、夫の介護でさらに減って、それからあたしがいなくなって、今は植物たち、どうしているだろう……とときどき思う。

家の中の観葉植物も好きだが、庭先の園芸植物も好きだ。犬の散歩に行って観察する野の草も好きだ。自生する在来の植物も好きだが、いやがられる外来の植物も大好きだ。クレイマーを慈しんではいるけれど、もしかしたらクレイマーより植物たちの生きざまに、自分をかさねているかもしれない。

あたしの育った昭和三十年代の東京の裏町には、夏の夕方になると、ピンク色の菜の花がいちめんに咲いていた。

少し大きくなってから、クレオメという名前を知った。フウチョウソウ科で、菜の花のアブラナ科ではなく、でも近縁だということだった。そしてあたしには、夕暮れの光の中でその花の揺れている光景が、まさに昭和の夏だった。

あの頃クレオメは、ほんとにどこにでも咲いていた。よそんちの庭にもうちの庭にも。通りに面したところでも公園でも。

昔の東京の裏通りというと、今でもそうだろうか、花の咲き乱れたトロ箱でいっぱいだった。道にはみ出して置かれてあった。子どもの頃は、貧乏くさくていやだなあと思っていたけど、おとなになって園芸好きになってみたら、園芸好きのセンパイたちの、どこにでも植えてやろう育ててやろうという心意気を見るようで、いとおしくなった。

ああいうところにも、クレオメが、何十本となくかたまって、夕方の光の中で、ピンクの花が揺れていたのだった。

時が経って昭和も終わり、平成も終わったが、今はどこにもクレオメを見ない。去年、久しぶりの日本の夏を、ひと夏じっくり経験して、なんだか無性にクレオメが恋しくなった。それで今年の春はずいぶん探したのだけど、売ってる株も種も見ない。

ところが今年の八月の半ば。ものすごい土砂降りの中、あたしは近所のホームセンターに行った。新しく買い込んだマドカズラの大鉢の受け皿を買うつもりだった。

ふふふ、マドカズラのことなら、それだけで一回分書ける（今は書かないが）。

ハンズマンという大きなホームセンターがありまして、遠いのでめったに行かないが、いざ行こうってときには一万円札をにぎりしめ、これ以上は買いませんと覚悟を決めて植物を買いあさる。こないだ行ったとき、なんと、あたしより大きい十号鉢でたったの七千五百円、配達料が五百円というマドカズラがあり、矢も楯もたまらずに注文したんだけど、明日届くというのに、受け皿がないのに気がついた。何しろ大きすぎて一人じゃ動かせない。クレイマーは役に立たない。お皿は本体が来るまでに用意しなくちゃいけないってんで、その大雨の夜に、ハンズマンじゃない、近所の、別のホームセンターまで買いに走ったのだった。

そもそも閉店間際のホームセンターはとてもわびしいのだが、豪雨のホームセンターはさらにわびしかった。そんなところに一人で濡れて行くショローの女もわびしかった。園芸コーナーはすべてが濡れそぼっていた。

ところがそこに、念願のクレオメが。

ただ二株、ニチニチソウやポーチュラカの株に交じって、しみしみのだぶだぶに雨に浸かっていた。苗といえるくらいの幼い株だったけど、花芽だってついていた。で、取りあえず、二株とも買って持ち帰り、庭に植えてみたのだった。

結果は、まあ、さらにわびしい。うまく育たなかった。花は咲かなかった。そして今、あたりはすっかり秋になり……。株は生きてるけどしだいに枯れていくだろう。でもあたしはあきらめない。今年は探し方が足りなかった。来年の四月五月の頃、この株を買ったホームセンターへ日参すれば、新しい株にかならず出会う。そしたらそれを買って、かならず庭に植えようと思う。

植物は、一つ枯れてもこうして次に続いていく。死んでも死なない生きざまだから、へいきで抜いたり枯らしたりできる。

うちは集合住宅の一階で、猫の額のような庭がある。あたしが雑草を好きすぎて抜かないので、荒れ果てている。でもクレオメのためなら、しかたがない、ドクダミを抜き、オシロイバナ（うちでは雑草）を抜き、ノアサガオのランナーを抜き、ヨモギを抜き、アレチハナガサ（九州に多い外来種）を抜き、ヤブガラシを抜き、植えてあるユリやゼラニウムに少々つめてもらって、クレオメを植え、ゆっくり育てたら、数年後には庭じゅうに、いちめんのクレオメ、いちめんのクレオメ、いちめんのクレオメ……。

知ってますか。山村暮鳥の詩「風景」。

いちめんのなのはな、いちめんのなのはなと七回くりかえして「やめるはひるのつき」とつぶやき、もう一度、いちめんのなのはなとなえて終わる、祈りのような詩だ。

きっとうちでも来年は、いちめんのクレオメ、いちめんのクレオメ、いちめんのクレオメ、いちめんのクレオメ、いちめんのクレオメ、いちめんのクレオメ、いちめんのクレオメ。

ああ、何を祈ろうか。
いちめんのクレオメ。

娘来て娘帰りし夜寒し

すごいことがあった。先週、夜の十時頃、あたしが早稲田から熊本の家に帰り、鍵をがちゃがちゃやっていたら、ドアが内側から開いて、人があたしを出迎えてくれた。人といってもDである。次女サラ子のパートナーの。

ドアが内側から開いて、Dがぬっと顔を出したときには、肝をつぶした。奥から次女のサラ子が、昔、ここに住んでいた十歳のときから時が経ってないみたいな声で「お帰り」と言ったので、一瞬、ここはどこ、あたしは誰という不思議な気持ちに襲われた。

あたしには一人で何かしているとき（仕事だけど）、誰かが来る、ないしはいるのを知っているのに、その誰かがあらわれたとき、魂が浮かび上がるみたいに驚く癖がある。ここしばらく熊本のこの家で、他に人のいない生活をしていたから、この魂が浮かび上がる感じを忘れていたのだった。

カリフォルニアにいた頃、サラ子とDは、うちの二階に住んでいた。家族というよりはハウスシェアみたいな住み方だったが、とにかく常時そこにいて、話しかけたり話しかけられたり、何かを頼み合ったり、ときには誘い合ってごはんをいっしょに食べたりした。

あたしはもちろん二人が熊本に来ることはわかっていた。この午後、あたしが帰るより早く、着くはずだった。サラ子にとっては自分の育った家で育った町だから、問題なく動きまわれるはずだった。そして実際サラ子はDをともなって家に帰り、隠し場所の鍵を見つけて中に入っていたのだった。

あたしはもう何週間も、サラ子が帰ってくる帰ってくると考えていた。そのために準備万端整えていた。早稲田の授業の後は、いつも学生たちが研究室に来て、遅くまでしゃべっていくのだが、その日は「今日はすぐ熊本に帰るからね」と言って、学生どもを放り出して早稲田を飛び出し、最終便の飛行機に飛び乗って、サラ子が帰ってくる帰ってくると思いながら熊本に着いて、（空港の近くの駐車場に預けてある）車を飛ばして家に向かった。

熊本空港は熊本の東の果ての阿蘇に近いところにある。熊本市の北にあるあたしの家からはとても遠い。車の波をすり抜けながら熊本市街の混み合った中心地を突っ切らねばならない。

突っ切る間も、もう帰ったかな、家に入ったとき犬臭くなかったかな、夕食はどこに食べに行ったかななどと考えながら、最寄りのスーパーはもう閉まっている時間だったからセブンに寄って、あたしの夕食用におでんを一人分よりは多めに買って、サラ子の好きな大根やはんぺんを入れてもらったりして、Dはおでん食べるかな、バクダンなら好きかしらなどと考えたりして、とにかく二人が帰っているということはよくわかっていたのだった。

それなのに、ドアからDが出てきたときは、卒倒しそうなくらい驚いた。

しかし次の瞬間、正直に言いましょう、あたしはほんとにうれしかった。この世の栄華をきわめてお盆とお正月とクリスマスが来て恋人ができて逢い引きの逢瀬のというのと同じくらい、うれしかった。

考えてみれば、あたしがサラ子といっしょに日本にいたのは、もうはるかな昔、サラ子が高校生くらいのときが最後なのだった。

あたしが父のための遠距離の行き来に疲れ果てていたとき。年末年始はヘルパーさんがお休みなので、誰かが父のそばにいる必要があるのだが、サラ子が、何回もその役を買って出てくれた。あたしは年末年始の家族の行事で忙しかったから、ありがたかった。でも父は老いて何にも関心がなくなっていたから、サラ子のお正月はほんとに寂しかったに違いない。

さてと、熊本にお客が来たら阿蘇に連れて行く。今回はDにとって初めての日本だったから、クレイマーも連れて、ペットOKの温泉旅館に泊まりつつ、行ったのはこんなところ。

まだ地震の影響で阿蘇を通って大分に抜ける国道が分断されたままだから（＊）、カルデラの外輪山を縫いつなぐ道を通って、外側から阿蘇全体を一望し、北東のはずれにある池山水源に行き、ひろびろとした高原を通って阿蘇谷に降り、谷間の盆地を突っ切り、阿蘇山の中心部に登って行って、草千里、火口をのぞき、阿蘇谷を出て高千穂に向かう道をのぼっていったところにある霊感すら感じさせる杉の古木を見て、熊本に帰った。

その他にもあたしたちはおもしろいことをいっぱいした。近所の河原は歩いたし、近所の山にも連れて行った。どっちもクレイマーとあたしの散歩コースだ。コメダ珈琲店にも行ったし、モスバーガーにも行った。トメのオススメのミスタードーナツにも行ったが、さすがアメリカ人、Dが注文するドーナツの量がハンパなかった。そしてぜんぶ食べた。それから熊本市内の料理屋で、地元のお酒を飲みながら天草の魚を食べた。楽しかった。ほんとに楽しかった。短かった。

そして今、サラ子とDが帰って、あたしはまた一人、いやクレイマーと二人である。

昔、あたしが来て、父に「またすぐ来るからね」と言って帰った後、父はテレビを見ながら、こんな感じで時間の過ぎるのをやり過ごしていたんだなと考えた。

「こんど来るときは、こうやって早いうちにいつ来るっておれに言わないでおいて、明日行くよって、突然言うようにしてもらいたい」とあるとき、父はあたしに言ったのだ。

「そうでないと、いつ来るって知ってから、待ってるのがばかに長くってしょうがない」と父が言った。あのときの父の気持ちは、こういう気持ちだったんだなと考えた。

＊国道五十七号線は二〇二〇年一〇月に開通しました。

疲れゐる咳をしてゐる生きてゐる

「ああ疲れた　ほんとうに疲れた」

これは石垣りんの「その夜」という詩からの引用だ。石垣りんは銀行員として、十四歳から五十五歳（当時の定年）まで結婚せずに働き続けて家計を支えた。「ああ疲れた、ほんとうに疲れた」とつぶやきたくなる夜もあったろうと思う。あたしは数年前に岩波文庫の『石垣りん詩集』を編んだ。そのときこの大先輩の詩をすべて書き写しながら読んだ。そしてこの言葉に出会った。有名な詩じゃないし、だれでも書けるような言葉だけど、あの石垣りんが書きつけたんだなと思うと、心にしみた。

「ああ疲れた、ほんとうに疲れた」とあたしも毎日つぶやいている。

一週間は七日で、四日は早稲田、あとの三日は細かい締切りに追われ、その間にも学生からは間断なく詩や小説が送られてくる。自分に向き合って自分の仕事をする時間がまったく取れない。そんな日々にイベントが入ったり、お客が来たりすると、にっちもさっちもいかなくなった。そしてこの秋はイベントばっかりだった。断れない講演がいくつもあった。サラ子も来た。うれしかったが、しわ寄せは大きかった。あたしは石垣りんに乗り移られたみたいに「ああ疲れた、ほんとうに疲れた」と生きていたのだった。

十一月の終わりにあたしはマレーシアとオーストラリアと（帰りがけにまた）マレーシアに巡業に行った。ときどきそうやって外国に呼ばれるのも詩人の仕事のうちで、ふつうはそこで異文化の人たちとしゃべったり、観光したりもするのだが、今回のあたしはホテルにこもって仕事をした。

ブリスベン（オーストラリア）は近所におもしろそうな博物館もコアラ園もあった。ジョージタウン（マレーシア）は町がいい感じにさびれていて、町の真ん中にはモスクがあり、女たちはヒジャブを着け、その上ストリートフードフェア開催中だった。マレーシアのごはんはアジアのどことも似ているようで違う、辛くて酸っぱくて油っこくてがつんと本質的で、ほんとうにウマい……などという誘惑には目もくれず、ホテルにこもり、向き合うのはコアラでも異文化でもなくて、自分と自分の書く文章だ。こんな遠くまではるばるやって来て、いったい何やってるのかなあと、もちろん思っていたとも。

ブリスベンの最終日、空港に向かうタクシーの中で喉がごろごろすると思った。クアラルンプール（マレーシア）に着いたら、完全に風邪だった。それでも人とごはん食べたりイベントをこなしたりした。日本行きの飛行機に乗る頃には、さらにひどくなっていた。飛行機の中でひたすら寝て、東京に早朝に着いた。

その朝は、銀座に用があった。旅の間にコンピュータが壊れたので、アップルストアに予約を入れた。それで空港から銀座に直行し、時間までの数十分をコーヒーショップで待とうと思った。

ところが、その店で、あたしはつめたく扱われた。サンドイッチを買って、「半分残すので、持って帰れるように小さい紙袋をください」と頼んだのだった。そしたら「もう、まったく」みたいな感じで、面倒くさがられながら紙袋を渡された。

日本で、こんなに感じ悪く、見下されるように扱われたのは初めてだ（外国ではしょっちゅう経験している）。なんでかなー、何か悪いこと言ったかなと席にすわってコーヒーをすすりながら考えた。でも、ふと自分を見てみると、機内でコーヒーをこぼしたから胸元がしみだらけ。髪はざんばら、化粧っ気もなし、そして荷物を布袋二つにつめこんで持っていた（スーツケースは成田から送った）。その上、この咳。

日本を出たときは、秋の終わりの陽気だった。帰ってきたら冬になっていて、その日は雨も降っていた。朝の銀座で、みんなぴかぴかの冬のコートを着て傘を差しているのに、あたしは秋のコートの下にパーカやセーターを重ね着していて、雨に濡れていた。つまりホームレスと思われたんだと思う。そこまでこ汚い自分も悲しかったが、ホームレスが受ける処遇もよくわかって、それも悲しかった。

次の日は、早稲田の授業に高橋源一郎さんが来てくれる予定の日だった。だから休講にはできなかった。ところが授業を始めた頃、あたしの状態は最悪で、へろへろで頭もまわらず、椅子にすわりこんで茫然としていたら、源一郎さんに「寝てていいよ」と言われ、教室の床に横になった。そしてとろとろ眠った。源一郎効果で学生もいっぱい、椅子が足りないほど来ていたというのに、あたしは床の上で寝ていて、「ひろみちゃん、だいじょうぶ、だいじょうぶ?」とときどき源一郎さんが声をかけてくれたが、学生どもは「だいじょうぶ、センセイいつもそこで寝てますから」と言わんばかりに、ひたすら源一郎さんの話に聞き入っていたのだった。

あたしは子どもの頃からアトピーで、風邪をひくと、すぐアトピー性咳嗽《がいそう》というやつに移行してしまう。そして咳が長く続く。咳は疲れる。ほんとうに疲れる。腹筋が(どんなにゆるゆるになった腹筋でも)痛くてたまらなくなる。アトピーのある種の症状は、おとなになったらずいぶんよくなったけど、ある種の症状は悪くなったような気がする。

アトピー性の咳だから咳止めは効かない。医者に行くとステロイドを処方される。それだってぱっと効くわけじゃない。のど飴がやたら美味しい。一日の必要カロリーの三分の一はのど飴で摂ってるかもしれない。

咳は続く。治るまで続く。ああ疲れた、ほんとうにこれって、まるで人の「生きる」ってことみたい。そのココロは、「死ぬまで生きる」。

春が来て嬉しいことを伝へけり

LINEがおもしろすぎる。

最初は学生たちにひきずられてずるずると始めたのだった。学生の一人に自分のスマホを渡して、アカウント名は、パスワードは、と個人情報もへったくれもないやり方で設定してもらったのだが、ぜんぜん使わなかったし、使う気にもならなかった。LINEを送ってくる人には、わざわざ「LINEは使いませんからメールにしてください」と断りのLINEを入れたりしていたのだが、そのうちに重要なことに気がついた。

学生どもは、メールをあまり使わない。

じゃどうするかというと、相互の連絡というのはたいていLINEでやっている。だから、大切な用事のある学生にメールを送れど送れど連絡がつかないなんてことが多々あり。

しかたがないから当該の学生Aの友人である学生Bに「AにLINEしてメール見ろっていってくれない？」とメールし、ところがBもなかなかメールを見ないので、メールをよく見る学生Cにメールして、やっと学生Aにつながり。

などということが度重なり。

そのうちに、そんなことやってるんなら、自分からLINEで学生たちに連絡すれば早いなということに気づき。

ところが海を隔てたアメリカの娘たちとは、すでに、LINEと同工異曲のWhatsAppというものがメインの連絡方法になっており。

娘たちもメールしたって見ないから、わざわざ「メールしたよ」というWhatsAppを送らねばならなくなっており。

しかたがない、学生相手にLINEを使い始めたというわけです。

そしたらそこにLINEを使いこなしている友がいた。平松洋子であります。

ある時、ヒラマツさんが「おしゅし」のスタンプを送ってきた。あたしはこれが大好きで、実はグッズも持っている。それで同じのを買って使い始めたら（学生に人気だ）、ヒラマツさんがあたしの持ってないバージョンのおしゅしを送ってきた。それでそれも買って「どうだ」「まねっこ」などとじゃれあっていると、今度はおしゅしの動くバージョンを送ってきた。それでそれも買って……とやっているうちに、昭和三十年代、隣が掃除機買ったからうちも、隣がカラーテレビ買ったからうちもという、あの頃の世相を思い出した。しかしなにしろ百二十円だから、懐はぜんぜん痛まない。

ヒラマツさん、こんどは動物キャラのスタンプを送ってきて、それも買いかけて気がついた。この本のイラストを描いてくれてる石黒亜矢子さんのスタンプもあるんじゃないか。

探したらありました。クレイマーみたいな犬柄が欲しかったが、それはなくて、猫のならあったから、さっそく買って。

ねこちゃんとは、普段はメッセージ機能で「今から帰ります」「おでんあるよ」など所帯じみたやりとりをしているのだが、スタンプを送りたいがために、「LINEにスタンプ送ったから見て」とわざわざメッセージを送ってLINEも送るという、手のかかることをしている。

あたしは文章を書くプロだ。子どもの頃から、文言の書いてある「お誕生日おめでとうございます」「母の日ありがとう」のグリーティングカードや「謹賀新年」の年賀はがきは、既製のことばをちゃっちゃと借りて済ませるわけで、つまらないと思っていた。

自分が心を尽くして自分らしいことばを選び取り、自分の文にして、自分の字で書けばいいんだと思ってきた。

熨斗《のし》もいやだ。必要なときには、お店で筆を貸してもらって「お見舞い」「御礼」「御仏前」等、自分で書く。うまくないけど、自分の字が書ける。心配している、うれしい、悲しい等々、自分の気持ちは表現できる。

でも今夢中になっているスタンプって、まさにそういう機能ですよ。それさえ押せば、何か言った気になるわけだ。

あー、知ってる、こんな気持ちと思い出したのがズンバである。

ズンバやりながら何回も考えたのは、骨盤底筋を回すことも、女ばっかりで楽しいってこともそうだけど、もう一つ、みんなと同じことをするってことだった。

今まで自分で自分の表現をつくりだしたいと考えてきた。つまりバレエ漫画なら（ほんとのバレエは未経験）、「プリマになれないのならキャラクターダンサーよ、コール・ド・バレエで、みんなといっしょに一糸乱れぬ動きをおどるなんて絶対いやだわ」と考えてきたのに、ズンバやりながら、なんであたしはみんなといっしょに同じ振付けを、先生の指示に唯々諾々と従ってすごく楽しくやってるんだろうと、何回も考えたのだった。

ちょっと振付けを間違えたら「てへっ」と思い、心で「ぺろ」をし、次には間違わないようにと心がける。この感覚。みんなといっしょに何かをするその感覚。

スタンプってそれではないか。

年取って、他人の存在が身にしみてきて、「みんなといっしょ」のズンバもスタンプも楽しめるようになったってことは、いずれデイケアで、みんなで歌う童謡や手あそび歌もできるようになるのかしら……（とバレエ漫画のバレリーナの口調で）。など考えていたところ、なんとイシグロさんが、なんとクレイマーのスタンプを、つくってくれたっっ。表紙のカバーを見てください。これはすばらしすぎる。

芹なずなにも成績をつけてやろ

今は、大学の成績をつけている。

授業の都度、ちゃっちゃと記録しておけばいいのだけど、残念ながらそういう能力はないから、授業が終わってから、課題や出欠をひっくり返しながら、成績を、があっと重機で耕すみたいにつけていっている。そしてこれが、税金の申告並みに面倒臭い。

ＡＡやＡはつけていて楽しいが、Ｆをつける（つまり落とす）のはどうもいやだ。それで、最初はぜんぶＡでいいかと思っていたが、そういうわけにもいかないのだ。そんなことをすると楽単（楽に単位が取れる）という評判が立って、やる気のない子たちがやってくるからだ。

あたしのクラスは人気があるから（おもしろいからですよ……得意）今期はなんと三百七十人、教室が大きすぎて遠くの顔は見えないし、やりにくくってしかたがない。来期になんとか減らすためにも、今期、楽単などという評判が立つのは困るのだ。

コメントシートとかリアクションペーパーとかいうものがある。Ｂ５の半分くらいの紙で、それを配ると、学生は名前と学籍番号を書き入れて感想を書く。これが出席カードの代わりになる。「文学とジェンダー」のクラスではそこに悩みや感想やいろんな意見を書いてもらう。次の週にあたしが読み上げていく。するとそれについて、みんなが意見を書いたりあらたな悩みを書いたりする。それを次の週にまた読み上げる。そうやって三百七十人がなんとなく議論をしているように授業がすすむ。人の悩みが自分の悩みになる。

おもしろくないわけはないんだけど、単位に目がくらんでいるだけの、LGBTQやフェミニズムに何の共感も持たない学生にとっては、つまらないのかもしれない。リアペは丹念に読んで、なるべく学生の名前を（できたら顔も）覚えようとしている。昔中学校の教師をやっていたときは、一日目の一時間目に全クラスの全員を覚えるようにしていたし、また覚えてもいたものだ。

ところが今は寄る年波で、三百七十人がなかなか覚えられない。もちろんある程度は覚えるが、覚えている学生はもとより熱心に授業を受けている連中だから問題がない。AAやAを乱発しちゃってもいいのだが、問題は熱心じゃない子、欠席する子、課題をやらない子だった。あたしが顔も名前も覚えてないのはそういう子たちだった。まったく来なければ後腐れなくFをつけるのに、中途半端に来たり来なかったり課題を出さなかったりするので、あたしは悩む。

最初は性善説に基づいていた。みんないい子のはずだ、欠席がつづいたり課題が出せなかったりするのには、何か理由があるんじゃないかと。とくに四年生は、これで単位が足りなくなって卒業できなくなったらたいへんだ。そう思うとFがつけられず、わざわざ連絡をして「何か理由があって課題ができなかったか、欠席したのか」と聞くわけだ。そして、今から課題をやれば、単位をあげてもいいのだがと提案することになる。

毎期、そのやりとりに手間がかかる。でもあと少しでCならやれるという学生たちを、問答無用でFにするのは、やっぱり、どうにもいやなのだった。

しかし二年目を終わって、学生が、みんながみんな、こっちをまっすぐ見てるわけではない、隙があればだましてやろうとする子もいる、単位にしか興味のない子もいるということがようやくわかってきた。

この間あたしは、同じ筆跡で書いている三人分のリアペを見つけたのだった。一年の女子だった。三人を呼び出して、問い質したら、たちまち理由もやり口も正直に吐いて、しょげかえった。

正義はあたしにある。いつぞやトメがあたしのクレジットカードを使い込んだことがあった。あのときのような心持ちだった。

正義の側に立って悪者を断罪するのはなんとすがすがしいことか。三人の学生を前に並べて、トメにときどきやってたように「何やってんだ、こんなことしていいと思

って るのか」と叱った（そしてみんな恐れ入ったから、許してやった）。

その子たちは、いつもおもしろいコメントを書いてきた。つまり出席できるときは熱心に授業を聞いてる子たちだった。コメントを読み上げたことだって何回もある。名前も覚えていたのである（学生の方は覚えられているとは思ってない）。それなのにやっぱりこんなことをする。

少ししたら、今度は四年の男子も同じことをやってきた。四年の男子が「文学とジェンダー」を取るというのは、よっぽどジェンダーの問題に興味のある、頭の開けた子か、あるいはよっぽど頭も目もすっかり閉じて、何にも興味のない、単位のことしか考えていない子か、どっちかだ。今回ズルをした子たちは後者で、課題も出してなかったし、毎回のコメントも、考えてないのが明らかに読み取れてしまうのだった。このままFをつけてしまったら、彼らは、ジェンダーもフェミニズムも何も考えないまま、先生が単位をくれなかったという反感だけをひきずって外に出て行くのだろう。もしかしたらパートナーを得て子どもを育てるかもしれない。そのうち中年の男になり、老年の男になっていく。日本に帰ってきて、ジェンダーもフェミニズムも何も考えず、何も心に引っかからずに生きている中年や老年の日本の男たちにやたらと出会う。ああなるのかなあと思うと悲しくてたまらない。

パンにバタ載せれば透けて春うれひ

この間夜遅くねこちゃんちに帰ったら来客があり、パン屋をやってるねこちゃんの女友達だった。それであたしは「パンについてなら話したいことがいっぱいある」と初対面のパン屋さんに向かって話し始めたのであった。

パン屋さんと聞いて、語らずにはいられなかったくらい、あたしはパンに苦労している。二年前にアメリカから帰ってからずっと、パンに苦労している。日本の食パンがどうも好きになれない。やわらかくて白くて甘い。どんどんそうなる。高いのほどそうなる。もっとかたくて白くなくて甘くないパンが食べたい、焼きしめたパンが食べたいと思って、近所のパン屋を探し歩いた。でもなかなか見つからない。

パンって国によってほんとに違う。

パン屋さんに向かって釈迦に説法だなと思いながら、あたしは語りつづけた。

同じトースト用の食パン風なものでも、日本のパンはふわぁっとしてもちっと来る。イギリスのパンは紙束のようだ。だからトーストをラックに置いてのんびり紅茶飲んだりしていても気にならないわけだ。日本の食パンのトーストであんなことをしたら、たちまち湿って、かたくなって、まずくなる。六〇年代にイギリスからアメリカに移り住んだ夫は、その頃は、安っぽい大量生産のまっ白な食パンしかなかったが、この頃はヨーロッパ風のいいパンがどこでも買えるようになったといつも言っていた（そういうのだ、あたしが食べていたのは）。いかにもアメリカ的な大量生産の食パンは、微妙に塩《しょ》っぱく、ぱさついている。

カリフォルニアに住み始めた頃、つまり日本を離れたばかりの頃は、やわらかくて白くて甘いパンが食べたかった。日本に後ろ髪を引かれていたんだと思う。いろいろ探して、韓国系、台湾系といった東アジア系のマーケットに行くと、似たようなパンが見つかることがわかった。

帰ってきた熊本で、あたしが食べたいと思っていたのは、カリフォルニアで食べていたような、ごく普通のパンだった。スライスしてトーストしてバターを塗って。ちゃんとした材料で、ちゃんとこねて、ちゃんと発酵して、軽すぎず重たすぎず、全粒粉とかライ麦とかのやつ。

なぜ「ちゃんと発酵」かというと、日本でよく出会うのが、ちゃんと発酵してないのかと思えるほど、重たくて湿り気の残るパンなのだ。いろんな穀類を混ぜ込んでアイリッシュソーダブレッドを焼くと、こんな感じの重たさになるけど、日本のパン屋が目指しているのはアイリッシュなパンじゃないと思う。炊きたてのごはんを通り越して、おこわの冷えたのを目指しているような。なんでそんなにもたもたするのかわからない。

そうやっていろいろと探していくうちに、灯台もと暗し、自分の口に合うパンは、いちばんよく行くスーパーの中に入っているパン屋のパンだということを探し当てた。軽すぎず重すぎず、クルミが入って、パン生地の色は浅黒く、外側はかりっとして大変おいしい。

ところが、そのパン屋さんではそのパンを毎日焼くわけではなかった。お店で人気なのは高くて白くて甘い食パンだったりする。それからいろんな菓子パン類（大好きだが、毎日は食べたくない）。それで買いに行っても、あったりなかったり、あったときは買い占めたり、ちょっと古いやつを半額で売ってもらったり、とにかくそのパン屋さんと顔なじみになったのだが、このあいだパン屋さんが「もうこのパンは焼きません（売れないから）」と言った。

あたしはがーんとなった。心底なった。「いったいこれからどうしたら、何を食べれば」とおろおろした声で言うと、パン屋さんは「Mという駅知ってますか」と言った。近所ではぜんぜんない、むしろ遠い、二、三度通ったという程度の場所だった。

「あそこの駅前に新しいパン屋ができたんです、福岡で人気ベーカリーをやってた人が熊本に帰ってきて作ったお店だそうですよ、きっとそこにありますよ」

それで行ってみた。ところがなんと、うちから三十分超かかった。三十分。あらゆる買い物を十分以内の場所で済ませているあたしには、そこは地の果てであった。パンは絶品だったが、好きなタイプのライ麦パンには、具が、それも各種チーズがごろごろ入っていたのである。そこでパン屋さんに聞いてみた。

「お宅のパンはほんとにすばらしいのですが、恥ずかしいことにあたしはチーズが苦手なんです」と前置きしつつ「チーズの入っていない、ただのライ麦パンはありませんか」

するとお店の人は親切で「注文で作るから電話してください」と教えてくれた。ところが「週末に」電話せよと言われたか「週末じゃないときに」電話せよと言われたか、二択が苦手なあたしは混乱してしまって、どうしていいかわからない。さらに片道三十分、行き帰りで一時間、道が混んだら一時間半というのが、考えれば考えるほど重たくなってくる。

話は変わる。先日、熊本の某図書館から講演の依頼があった。遠いし、忙しいし、「今回はやっぱり無理です」と断ったのだ。

ところが件《くだん》のパン屋さんが、なんと、断った図書館へ行く道の途中にあるのだった。もしそのパン屋さんに通うことになったら、行くたびに「ああ、あのとき、図書館の依頼を断ったな、館長とは古いつきあいで、いつも親切にしてくれた、好意の依頼をあたしは断って、パンを買いにここまで来ているのだな」と考えるだろうと思った。それを思うと、いてもたってもいられず、館長に電話して、やりますと引き受けて、また自分で自分の首を絞めたのだった。

てな話を十五分くらい、初対面のパン屋さんに語りつづけたあたしである。ねこちゃんは「この変人が」という顔で呆れておりました。

春の陽の重さの猫を飼ふだらう

いつだったかSARS騒ぎの最中にあたしは日本にやって来てしばらく機内に留め置かれ、そこにSF映画のようなすごい防護服を着た人々が入ってきた。あたしたちは細かい問診票を書かされて、隔離されずに解放されたのだが、数日後、熊本の家に、熊本の保健所から電話が入った。熊本という東京から何千里も離れた場所まで突き止められて（問診票に自分が書いたんだけど）、あのときあたしは国家の力というものが、ほんとにきもちわるいと思ったのだった。

それで今はコロナ禍である。キャンセルがうちつづき、春休みに加えて思いがけず余分な休みがころがりこんできた（……後になって思い起こすと最初はこんなのんびりしたものだった）。とりあえずあたしは、美容院に行くことにした。あたしの髪型は二、三か月にいっぺんずつパーマをかけて保っている。かけて二か月するとほつれてくる。ふだんは時間がなくて、よっぽどほつれないと美容院に行く気にならないが、今はそういうわけで、行く時間ができた。

行きつけの美容院で、毎度のことながら鏡にうつった自分を見てぞっとしながら、

「美容院でいちばんいやなのは、こうやって鏡を見て、母にそっくりなのを見ちゃうことですよね、もしかしたら姿勢も母みたいに前屈みになってるかも」とあたしは言った。長いつきあいの美容師さんが「あたしもそうなんですよ、好きだった父よりも母にね」と言いつつ「そういえば伊藤さん、歩くときにちょっと首が前に出てらっしゃいますね」と言った。

首が前。

ジムに入会したとき、ジムの若いトレーナーから同じようなことを言われた。それをまた言われた。しかも今回は、何年もよく知っている同世代（向こうが少しだけ年下）の人に言われた。あたしは現実を真正面から見つめざるをえなかった。

首が前とは、首を前に出して背中を丸めて、前屈みの姿勢になってるということだ。美容院から帰りながら、あたしは意識して首を後ろに引いてみた。だいぶ後ろに引かなければ、まっすぐ感が得られなかった。それだけで首やら肩やらあごの下やらがミシミシ軋《きし》んだ。それから上半身を持ち上げて、背すじを伸ばしてみた。これも、だいぶ頑張って持ち上げないと持ち上がらなかった。腰や背中がミシミシ軋んだ。軋むのは、ふだんそういう姿勢でない証拠だった。

でも、とあたしは弱々しく検証する。

あたしの生活は机・椅子と心中してるようなものだ。締切り前なんて前屈みになったまま、首や肩がどこにあるのかわからないような姿勢で何時間も固まっている。

早稲田への通勤時は、コンピュータや本でいっぱいのかばんを、大きいつづらを選んだ老婆みたいに肩に食い込ませ、空港や東京の地下鉄の通路を前屈みになって歩いていくばかりだし、運転中も、あたしは足が短くてシートをめいっぱい前に動かしてあるから、やっぱり前屈みだ。つまり生活全体が、すみからすみまでくまなく前屈み。あたしの身体は、もう長い間、首が前に出て背中の丸まった姿勢で固まっていたというのか。髪型がどんなにジャニス・ジョプリンでも（二十七歳で死んだ歌手だ、髪型的に影響を受けている）、着るものがTrue ReligionやUrban Outfittersでも（ともにアメリカ発の若者用ブランドだ、愛用している）、あたしの本体は老婆姿勢で老婆歩きをしていたってことか。

あたしはこの老婆姿勢と老婆歩きで、あちこちに講演に行き、早稲田の構内を歩き、若い学生を前に授業をしていたというのか。出会った人々は、初めから老婆だと思ってあたしを見ていたというのか。

『ショローの女』のタイトルを、イトーさんまだそんな年じゃないから、なんて若い編集者たちに言われながらつけたが、ショロージゃなくてホンローだった。

長い間、母も含めたまわりの年寄りたちがどんどん前屈みに歩くようになるのを見ていた。七十とか八十とかになったら、みんなそうなっていくんだなあと思っていた。

浅はかだった。他人事じゃなかったのだ。七十八十まで待たなくていい。友人知人の同世代の女たちにも、前屈みに歩く人が何人もいる。腰でも悪くしたのかと思っていたのだが、老婆化してたのだ。変化はイキナリ出現するわけじゃない。六十とか六十四（あたしだよ）とか、あるいは五十五とかから、少しずつそうなっていくのだった。

それであたしは今、家の中で、家の外で、クレイマーと歩くとき、人と立ち話するとき、スーパーで買い物するとき、意識して首を引き上げ、あと二センチでいいから背が高くなるように背すじを伸ばして歩く。これがとってもむずかしい。気をつけないと、強力ゴムのようにすぐ元に戻る。

無意識のままだとつねに前屈みで、首は突き出て背中は丸い。鎖骨とあごと乳房（垂れている）の空間に何かを抱えているようだ。

「お乳とお乳のあいだに、……涙の谷」

そう言ったのは太宰治だけど、あたしは何を抱えているのか。累積する疲労か。はたまた苦労か。あるいはまだ飼ってない猫か。

うんと年取って骨粗鬆症もひどくなって、そろそろとしか歩けなくなったときにきっと飼うだろう猫の重みが、この何もない空間にあるような気がする。あたしは無意識に背を丸め、首を落として、見えない猫のいるこの空間を守ろうとしているみたいだ。

遠足のいつも遠出をしなくとも

あたしはネットで新聞を購読しているから、それを読む。それからTwitterも見る。するとニュースが、知ってる人たちの個人的な声に落とし込まれて、不安が増幅されて、わさわさわさわさ聞こえてくる。

不安に、ゴクリゴクリと飲み込まれてしまいそうだ。

コロナ禍の始まった頃は、何もかもキャンセルされて、あたしはこの二年間ありえなかったくらいの余裕を手に入れて、生き返ったのだった。クレイマーと散歩して、本を読んで、音楽を聴いて、植物の植え替えして、のどかに暮らしているうちに世間は春になり、どんどん不穏になってきたのだった。

三月二十五日は早稲田の卒業式のはずだった。今年卒業する子たちがあたしのクラスにもいる。研究室に入り浸っていた子たちもいるのである。あたしは一張羅を着て、彼らを力いっぱいハグして送り出してやりたかった。でもキャンセルされた。新学期も、今のこの調子じゃいつ始まるかわからない。

三月の末にはカノコがまごを二人連れて来るはずだった。七歳と五歳の初来日だ。

三人は三月三十日午後三時に関空に到着するはずだった。関空―熊本間の直行便はないから、まず伊丹に移動する。

アメリカ西海岸からの日本便はだいたいお昼頃出発だから、子どもは機内でなかなか寝ない。そして着陸の直前に（つまりアメリカ的には深夜）泥のように寝てしまう。それを揺り起こし、いったん起きてもまた眠ってしまうのをさらに揺り起こし、キョンシーみたいになってるのをひきずって、乗り物を乗り継いで熊本に帰るのは、何回も何回も何回もやったけど、ほんとうにたいへんだった。

それで考えた。彼らが関空に着く日にあたしも関空に行って、みんなでホテルに一泊しよう。子どもたちは時差ボケで時ならぬ時に起きて遊ぶだろうから、カノコはゆっくり寝かせてやって、あたしが子どもたちの相手をしてやろう。子育ての手助けもろくにしてやらなかったあたしの、たまの娘孝行ぢゃ。と思っていたのに、ホテルもあたしの関空行きもキャンセルだ。

五歳の下の子は鉄道マニアで、来日の目的の一つは「しんかんせん」。だから関空から、ラピートというロボットみたいな電車に乗って難波、乗り換えて新大阪、新幹線に乗って熊本という旅をしようと考えた。そしてこれも、キャンセルだ。

熊本ではまず熊電（という単線の私鉄）に乗る。市電に乗る。市電に乗って熊本動物園に行く。動物もいる、乗り物もある、ボートにも乗る。それから遠出して阿蘇の猿まわし劇場とファームランド。荒尾のグリーンランド。それももちろんキャンセルだ。まだまだ考えていたのだった。

小学生だったカノコとサラ子が秘密基地を作っていた河原の自然もそのまま残っているから、二人を連れて探検に出かけよう。下の子がどんぐりが大好きで、以前、どんぐりの写真を送ってくれとカノコに頼まれた。近所にどんぐりだらけの山がある。花もいろいろ咲いてるし、鳥もいるから、どんぐりはどうでもいい上の子も楽しがるだろう。クレイマーも喜んで子どもらの後をついていくだろう。などとお子さま熊本観光セットを考えていたのだが、それもぜんぶキャンセルだ。

今、カリフォルニアは外出禁止令が出て、幼稚園児の下の子は、家で電車で遊んでいる。小学生の上の子は、学校から貸し出されたラップトップで、オンラインで自習している。たまに先生とオンラインで話すそうだ。カノコは Skype でピアノを生徒に教えている。「同時に音を出せないのが問題だけど、慣れれば悪くない」とカノコが WhatsApp のチャットで言っている。

この二年間、カリフォルニアの娘たちとはひんぱんに WhatsApp の電話やチャットで話してきた。カリフォルニアに住んでいたときもよく電話で話していたけど、日本に来ても、そうやって連絡を取り合っているから、あまり遠く離れた気がしない。国境封鎖や渡航禁止で、しばらく会えないというのが、直面する現実なんだけど、娘たちもあたしも、それについては、誰も何も言い出さない。

三月中旬には、ベルリンの友人が東京に来ることになっていて、あたしの『とげ抜き』のドイツ語訳についてじっくり話し合おうと思っていた。それもキャンセルだ。それで、しかたがない、こっちの夜、向こうの朝、Skypeで話し始めた。毎週日曜日の夜、時間を決めて、それまでにクレイマーの散歩もごはんも済ませてしまって、コンピュータの前にすわる。普段着の友人の後ろに本棚が映っている。あたしの後ろにはクレイマーが映っている。

この友人とのつきあいは長い。そして彼女は一昨年日本人の夫を亡くして、今は独り。あたしもこうして、今は独り。「夫が死んでから日本語を使わなくなって、この頃日本語が出てこない」と言いながら、友人が日本語をしゃべるのである。

翻訳の話もしたけど、身の回りの話もした。ベルリンはどんなふうか、どうコロナの影響があり、どう外出が制限され、そこで彼女はどう暮らしているのか。何が不自由で、何が楽しみか。毎週話していたから、ベルリンのコロナ下の生活はものすごくよくわかった。バスは通っていること、お店が、何と何と何は開いていること。教会は、しばらくしたら開き始めたが、楽しみだった賛美歌は歌えないこと。いっぱい話していっぱい笑って、笑いながら、じゃあまた来週と言って画面を消す。昔から、人生のときどきに、よく会う時期もあったし、会わない時期もあった。でも今はこうして週に一回ずつ、生存確認みたいなSkypeをし合っている。

あるとき友人が教えてくれた。今、ベルリンフィルがデジタル・コンサートホールを期間限定で無料公開している、と。なんと粋なことを！　それでさっそくオンラインの会員になって見始めた。というか聞き始めたというか。ハマると抜けない。それは食べ物も音楽も同じである。朝から晩まで見続け、聞き続け、期間限定の期間が切れて有料になったが、もちろんそのまま有料会員になって、そのまま見続け、聞き続けている。

アーカイブをぜんぶ見られるから、もうカラヤンからアバドからラトルからペトレンコから何でもアリなのに、あたしは、ほぼひとつの曲を、いろんな人の指揮で、見続け、聞き続けたのだった（食べ物と同じで、気に入るとそれしか聞きたくない）。なぜその曲か、理由がわからない。マーラーの交響曲の一番。

とにかく見続け、聞き続けた。マーラーの一番。マーラーの一番。マーラーの一番。マーラーの一番。マーラーの一番。熊本に居ながらにしてベルリンフィルで。

コロナ飛ぶ地球を春の憂ひかな

今は四月の初め、今のあたしの生活はものすごくひまだ。

ほんとうなら、あと一週間で早稲田の授業が始まるからおちおちしていられないのだが、今はコロナで、連休明けまで始まらない。だから今までできなかった仕事が思いっきりできる――と思ってはいるのだけれども、毎日、朝から晩までニュースを読んでるだけで、仕事がまったく手につかない。

書くことはいっぱいあったのだった。桜が満開で散歩のたびに別世界に迷い込んだような気になる、なんてことも書きたかった。ずっとうちにいるから勤勉に料理している、それでしょうゆについて考えた、そんなことも書きたかった。ずっとうちにいるから鍼《はり》に行き始めた。先生にこのごろ姿勢が悪くてと言ったら、「悪いと考えるからいけない、今の自分にとっていちばん楽だから、その姿勢を取るんです」と言われて納得したことなんかも書きたかった。でも書きかけて、また書きかけて、その先に進まない。何を書いても、何も、自分の生活の中でリアルじゃない。

大学はやがて始まる、始まってしまったら地獄の日々が来るぞ（経験でわかっている）、今書かなければと思っても、自分のリアルは、ここに、ニュースに、コロナに、ぺったりと張り付いているから、そこから自分をめりめりとひっぺがして、桜だのしょうゆだの鰯だのに持っていっても、なんだか半身が、はがれ切れずに残っているような塩梅《あんばい》なのだ。

旧友から「ひさしぶり、トッペどうしてる」なんてメールが来て（あたしは小学校から高校まで「トッペ」と呼ばれていた。「伊藤っぺ」で「トッペ」なのだった）、「ずっとニュース読んでいて何も手につかない」なんて書いてあるから、「粛々と生きるしかないよね」なんて返信しているけど、そのあたしが、ニュースだだ漏れのもろ浴び状態で、ぜんぜんまったく粛々と生きておらない。

この世界の変わりようは、覚えているかぎりでは、天安門事件とかベルリンの壁崩壊とかで世界地図ががらがらと変わっていったあの頃みたい。戦争を知っていれば戦争と言うんだろうが、知らないから。

一九八九年の初めに昭和から平成になり、天安門がその年の六月、ベルリンの壁が十一月、あたしは家族でポーランドに住んでいたから、変化はほんとにひしひしと感じた。天安門のときは、日本人の前夫が街頭で、それっ中国人らしいぞってんでインタビューされたりしていた。変わる変わる、世界って変わるんだとめくるめく思いだった。今も、それなみの大変化のまっただ中にいる。

昨日の夜は少し咳が出て熱っぽくて、風邪気味かもしれないなどと思ったら不安になった。身体を温めなければと思って長湯して、のぼせて風呂場にすっぱだかで倒れていたが、誰も助けてくれないから、のそのそ起き上がってベッドに移動し、そこでまた倒れているうちに眠ってしまって、ああ寒いなと思って目を覚ました。人はこうやって風邪をひくのである。

それで今朝、薬屋さんに行って体温計と風邪薬を買ってきた。これも買いだめと言えるかもしれない。安い体温計は売り切れていて、買ったやつは三千円近くもしたのだった。

昨日、風邪だと思いながらベッドに入り、もしあたしがコロナにかかったらクレイマーはどうなると考え始めた。いつもの愛犬教室に預けるしかないのだが、飼い主がコロナでも預かってくれるんだろうか。てなことを考えているうちに眠れなくなり、がばりと起きて、トメにWhatsAppを、「あたしが死んだらクレイマー引き取ってね」と書いて送ったら、「死ぬの?」「コロナうつったの?」と不安げな返信が来た。「死なねーよ」「うつるかよ」とおどけて答えたが、実はかなり気持ちが切羽詰まっていたのだ。

今まで二十数年間、何事かあったとき、どうやって家族が離ればなれにならないかということを必死で考えて生きてきたというのに、今がまさにその状態だ。娘が死ぬかもしれないというときになっても、そばに行ってやることができない。

ドイツでは、病院で死んでいく患者に家族は付き添えないんだそうだ。それはないだろうと思っていたら、イタリアでもアメリカでも日本でもそうだった。だからあたしがカリフォルニアに駆けつけても、当局に押しとどめられてカノコやサラ子やトメのそばに行き着けない。

そのときはどういう気持ちだろう、などと考えていることは、娘たちには言わない。逆もまた然《しか》りで、そのときはあたしが死んじゃうまで娘たちに連絡しなければいいのだなと考えた。なまじ親が死にそうだと聞くから、子どもは会いに行かなくちゃとおろおろするわけで、いっそ死に終えるまで黙っていれば。

昔『コンテイジョン』というパンデミックの映画を見た。夫と見たからだいぶ前だ。 それを、コロナが流行り始めた頃、また見た。Netflixかなんかで、一人で。すごくおもしろい映画なのだが、今や怖すぎる。マット・デイモンやグウィネス・パルトロウ、ジュード・ロウ、みんないい演技をしているのだが、一回目を見たときはケイト・ウィンスレットしか覚えていなかった。二回目を見ても、その役がいちばん切実だった。

とにかく黙っていれば。そこまで考えて、ああ、でもクレイマーはなんとかしないと、ということで、また振り出しに戻るのだった。

同じ春風距離遠くとも笑ひ合はむ

一週間にいっぺん飛行機に乗って東京に行って早稲田に行って学生たち、延べにしたら五百人くらいの子たちと会ってしゃべってかれらの書いたものを読んで話を聞いて、ときにサイゼでおごってやって、ねこちゃんのごはん食べて、飛行機に乗って帰ってきてという生活で、自分の仕事する時間がぎりぎりまで削られていた二年間だった。今はここ、熊本の自宅に居っぱなし、時間はあるのに、なんでだろう、心がしょぼしょぼしている。

なんでだろうと書いたけど、理由はわかっている。時間があるからニュースを読む。Twitterを見る。するとどんどん不安になる。他人の不安がしみ出してきて、不安はべしょべしょに濡れていて、こっちまでひたひたと押し寄せてきて、ああ、もうずぶぬれだあ。どうしていいかわからない。

カノコが言っていた。「お母さん世代にはそれなりのトラウマがあるからいいけど、私や子どもの世代にはそれがないから」

トラウマということばに驚いた。でもたしかにトラウマなんだろう。

あたしだって、戦争とか経験していれば、した、した、トラもウマもキリンもと言えるけど、何にもない。あたしの経験なんて、母がトイレットペーパーを買いに奔走するのを見ていたのと（オイルショック）、他人事として地図が変わるのを見ていた（ベルリンの壁崩壊ソ連崩壊その他）だけだ。でもまあ、個人的な人生経験だけはむやみに豊富だ。

戦争や地震が外からのトラウマなら、離婚や病気や死、そういうのは内からのトラウマで、よく生きのびてきたよね。と誰に話しかけているんだろう。家の外から家を襲うもの、家のウチから噴き出してきて家庭を壊そうというものから（ときに自分だったりもする）、家族を守らなくちゃという気持ちはきっと同じだ。ということは、今あたしは一人なので、こうもしょぼしょぼしてるのか。守るものさえいれば、こんなことしていられっかーという気力が出るような気がする。カノコなんて子ども二人抱えてそんな状況なんだろう。

それにしても、不安だ。不安だ。不安がひたひたと沁みてくる。

大学はオンライン授業になるらしいが、そんなこと、ほんとにできるのか。学生たちにまた会えるのか。学生たち、バイトがなくなって学費は払えるのか。昔どおりに出版業界は動いていくのか。早稲田の三年間が終わったときには何にもなくなっているんじゃないか。そしたらあたしは食いつめてしまうんじゃないか。あたしが食いつめたらクレイマーはどうなるのか。そんなことばかり考えていたら、次女のサラ子が動画を送ってきた。

サラ子は合気道の道場で、子どもクラスの先生をしている。カリフォルニアは三月十九日に外出禁止令が出て以来、何もかもオンライン。サラ子先生は、道場の子どもたちにオンラインで合気道をやらせようと動画を作って、ついでにあたしにも送ってきたのだった。

サラ子がカメラ目線で話しかけていた。つまりなんと、あたしのことをじっと見ていた。それから立ち上がって合気道の動きをし始めた。ニコリともしないが、不機嫌なのではなく、合気道だから真剣なだけだ。サラ子のナレーションがそこにかぶさる。子どもたちに向かって話しかけている声は、明るくてはきはきしている。

最初は一人だが、やがて相手役が出てきて、サラ子に襲いかかり、サラ子は合気道のわざでそいつを投げ飛ばした。

それがDだ。サラ子とDは実は道場で出会った。もう同居して何年にもなる。サラ子と二人で日本に来たとき、Dはひそかにあることを計画していたのだった。

阿蘇の奥の林の陰のこんこんと水のわき出る静かな水源に連れていったのだが、二人が、水源のそばの無人野菜売り場でいちゃいちゃしているから、けっ若いものはと思っていたら、「おかーさーん」とサラ子が泣きそうな顔でこっちに来て、「プロポーズされた」と指輪のはまった指をかかげて見せた。

「ピンクダイヤの原石を選んだのはこの石の在りようがサラ子その人に似ているからだ」などと、Dがいつになく緊張しながら説明するところを見ると、彼は長い間この案を練り、ひそかに指輪を探し、サラ子に内緒で買い求め、日本まで隠し持ってきたものと見えた。

「なんでよりにもよって野菜売り場で？」と聞いたら、「野菜売り場じゃない、水源のそばだ、水源を見たときに、ああここだ、ここしかないと感じた」とDが言った。

あたしはしょっちゅう行ってるから水源は見飽きていて、脇にある休憩所で、水源の管理人（しょっちゅう行くから親しくなった）と、娘が来たのよーなどと立ち話をしていて、そのシーンを見なかった。そういえば、じっくり見てるな、水源の美しさに感動してるんだなと思っていたのだった。

夏には結婚式だねと話していたのが、コロナである。でもそういうわけで、婚約中の二人が、動画の中で、襲い、襲われ、投げ飛ばし合って、親密さを見せてくれている。

動画の最後に、サラ子は見ている子どもたち、つまりあたしにニヤリと合図して、持っていた座布団をDに投げつけ、Dは座布団弾をもろにくらって、ばったり倒れて動かなくなった。

それだけのほんの数秒のコミカルな動きに、なんでだろう、声をあげて笑える。何

60代、変えていいコト、変えたくないモノ
岸本葉子

鍋が重たい、本の字が読めない、SNS詐欺、通信トラブル、不測の事態が起こっても、ぶれない心で乗り切ろう。人生後半を素敵に生きるための応援エッセイ。

●814円

あとは「司直」の判断に委ねます 私設秘書 真野正司
阿桜世記

書き下ろし

与党が恐れる「国会のトマホーク」荒岩議員が新幹線で死亡。不幸な事故か、暗殺か？ 荒岩の遺志を継いだ私設秘書・真野正司が真相に迫る！

●924円

法王の牙
病院サスペンス集

黒岩重吾／日下三蔵 編

文庫オリジナル

黒岩重吾初期作品の真骨頂、「病院」「医療」を背景にしたサスペンス集。戦後社会の底辺から、権力欲、愛憎、嫉妬、人間の業を描き出す。著者生誕百年記念。

●990円

不連続殺人事件
附・安吾探偵とそのライヴァルたち

坂口安吾

日本の本格ミステリ史上屈指の名作と、その誕生背景にあった戦時下の「犯人当て」ゲーム。小説とモデル人物たちの回想録を初めて一冊に。〈解説〉野崎六助

●1320円

中華文人食物語
南條竹則

中華料理の豊かな食文化を彩る、文人、皇帝、民衆たちの秘話とは？　食と酒を愛する著者が各地の美味・珍味とそのエピソードを語りつくす。〈解説〉平松洋子

●990円

〈女らしさ〉の文化史
性・モード・風俗
小倉孝誠

近代社会において〈女らしさ〉はいかに規範化され、共有されたのか。「見られる女」の変遷を辿り、規制されてきた女性の身体を浮き彫りにする。増補改訂版。

●1320円

中空構造日本の深層
増補新版
河合隼雄

日本人の心理を均衡し中空を保つ構造とし、西欧の中心へ統合する構造との対比で論じる。関連論考、吉田敦彦との対談を増補。〈解説〉吉田敦彦／河合俊雄

●1320円

シェイクスピア
福田恆存

没後30年

日本におけるシェイクスピア翻訳の礎を築いた著者が、定本や改訂の考証、作品の歴史的背景や先行作品の紹介などを交え19作品を解説。〈巻末エッセイ〉福田　逸

●1430円

回見ても、同じように笑える。どんなコメディアンのどんな仕草よりもおかしくてたまらない。どんなしみじみしたドラマ映画より、家族の来た道を考えさせられる。そしてその昔、感謝祭やクリスマスに家族がわんさか帰ってきたときのように、ああ忙しいああ忙しいと生気があふれてくる。

今は、朝から晩までそれを見ている。視聴回数が四〇〇くらいに増えているが、そのうちの二〇〇は絶対あたしだ。何万マイルも離れた太平洋のあっちとこっちに分かれて、こっち側で一人暮らしの母が、一人で、くり返しくり返し見て、声を出して笑っている。

フィロデンドロン泥にまみれて夏は来ぬ

コロナ禍が始まってからこの方、家の中が緑化されて、すごいことになっている。あたしの家は集合住宅の一階にあり、小さい庭がついている。こないだ通りがかりの人に（窓越しに見える家の中が）「すごいですね」とほめられた。「コロナで」と答えたら「わかるわー」としみじみ言われた。

あたしが植物のマニアだということは以前話した。でも庭は雑草だらけでたいしたことはない。得意分野は室内観葉植物なのだ。

三月、春になって園芸的に活発になる時期に移動できなくなって、それ以来、どこへも行かずにうちにいる。毎日見ていたはずの植物の細部がよりくっきりと見えてくる。繁りすぎてバランスの悪くなった鉢があることに気づいたから植え替えした。すると今度は別の鉢が目について、これも植え替えがいるなーということになり、ホームセンターで鉢と土を買ってきて（その頃はまだホームセンターは開いていた）、せっかく来たんだからと新しい植物も買い、そうやってどんどん増えていくのだが、家に帰って買ってきた鉢に植え替え、空いた鉢に別のを植え替え、そのまた空いた鉢にまた別のを植え替え……と際限がなかったが、ついに植え替えるべきものはすべて植え替え、植え替えなくていいものまで植え替えた。

虫にやられている鉢や生気のない鉢は庭の日陰にうつし、そこは草がわさわさ生えているところで、雨はあたるが直射日光はあたらない、弱った植物には何よりの場所なのだ。置きっぱなしにするうちに、鉢から根を生やしちゃって動かせなくなったのもいる。

植え替えしながら、あたしはずっと考えていた。なぜプラ鉢か。

もともと度を越してハマりやすい性格だ。家族もそれに慣れていたから、あたしがカリフォルニアの家を鉢植えだらけにしても、誰もなんにも言わなかった。日本に帰ってきてもそういうものだと思って漫然と買い足し、買い足し、さらに買い足し、忙しかったから植え替えもろくにせず、買ってきたまんま置くなりぶら下げるなりしていたのだった。

ところがこう家にいると、いろんなことが目につくようになり、いろんなことを考えるようにもなり、そもそも買い物袋だってストローだってプラスチックを排除しようというのに、なんでプラ鉢？　と。

あたしには同じような種類の植物を集める傾向があり、モンステラは七鉢あるし、フィロデンドロンはいろんなのを取り混ぜて十五鉢ある。ミルクブッシュは八鉢、べゴニアは十鉢、ポトスは七鉢、サンセベリアは四鉢。他もどれも安くて強いのばかり、ぜんぶで八十くらいある。

目指しているのは植物のある暮らしなんていうのじゃなく、ズバリ、園芸店かもしれない。とするといちいち鉢まで飾りたてていられない。経済的かつ機能的な面を優先すれば、どうしても安くて軽いプラ鉢になる。

プラの方が素焼きより水はけが悪いというが、あたしくらいこまめに、ずぼりずぼりと土の中に指をつっこんでチェックしておれば、なんの問題もない。

カリフォルニアでも、最初のうちは、素焼き鉢やテラコッタ鉢にきっちり植えていた。メキシコ産のテラコッタは安かったけど、時間が経つと、細かい砂みたいになって崩れてきた。土で作ったものが少しずつカタチを変え、壊れ滅していくのは、あたしはきらいじゃないのだが、家の中で壊れ滅していかれると、たいへん汚らしくて閉口した。

その上、鉢の数がどんどん増え、しかもどんどん育ててどんどん植え替えるから、鉢もどんどん大きく重たくなって扱い切れなくなり、ついにプラ鉢でもいいことにした。

その頃うちの台所にある鍋は、どれも大型のル・クルーゼだった。夫が、あたしと出会う前に、料理にハマってこだわって集めたようだ。大型のル・クルーゼは持ち上げるのも一苦労で、あたしは何度か取り落として、ひどい目に遭った。大きくて重たい素焼き鉢やテラコッタ鉢に植え替えするのは、まったくそんな感じ。あたしは雪平鍋くらいの軽い鍋が欲しかった。その後日本食スーパーで雪平鍋を買った。ものすごく軽かった。これが日本だなと妙に感心したものだ。

庭に出るところに踏み台がある。クレイマーが使い、あたしが使う。座ると曲げた脚の角度も座ったおしりの置き所もちょうどいい。周囲には土の袋や鉢底用の軽石の袋、空いた鉢も置いてある。

土はホームセンターで「観葉植物の土」を買ってくる。ほんとは赤玉土とか腐葉土とかを混ぜて使うそうだが、あたしはやらない。ちゃんとダシは取りたいなあと思いながら、ボトル入りの白だしやめんつゆを使ってる気分だ。

台に座って股をひろげ、股の間でちゃっちゃっと植え替える。育ちすぎて元の鉢から抜けないやつは、両腿にはさんで押しつぶす、向きを変えてまた押しつぶす。それでも出せないときは、はさみでがつがつとプラ鉢ごと切って出す。根を少しほぐしてやって、新しい土と混ぜてやって、新しい鉢に入れて土を隙間に埋め込んでやる。よく手袋を使う人がいるけど、あたしは土の温もりも湿り気も感じながら、素手でやる。

植え替えのコツは、あんまり大きい鉢にしないで、元の鉢より少しだけ大きい鉢に植え替えてやること。なぜって？

植物が安心するからですよ。

はつ夏の画面を流れ流星雨

こないだ念願のクレオメの苗を園芸店で見つけて、素焼き鉢三個に植え込んで、庭の日の当たるところに置いた。盛夏になればいちめんのクレオメ。てなことを考えながら、実はあたしは、四月中パニクっていたのだった。

早稲田の新学期が大幅にずれ込んで、五月第二週になった。三月末には、大学から、しばらく授業はオンラインになりますという連絡が来た。

早稲田で教えはじめたとき、人に助言をもらった。「一年目はたいへんだ。二年目にはやや慣れる。三年目はぐっと楽になる」

そのとーりだった。一年目は暴風雨に巻きこまれたくらいたいへんで、二年目には慣れてきて、大学のことも学生のこともわかってきた。三年目、それが今年で楽楽で、そう思っていたのにこんなことに……。何もかも一からやり直し。やっと慣れたやり方を根本から変えなきゃいけない不安、オンライン授業に対する不安、いや、ほとんど恐怖。何も知らないからめっちゃ怖い。

オンライン授業といっても、いろいろある。

①資料をくばって課題をやらせる。
②あらかじめ収録して配信する。
③Zoomなどでリアルタイムの授業をする。
あたしが学生なら、ぜったい集中できないから、②はない。①はつまらない。つまり③しかない。そう思いはするが、人前で立って緊張して人格を変えるからしゃべれるのであって、自分の部屋の後ろにベッドがあってクレイマーが寝てるところで、人格が変えられるか、九十分がしゃべり通せるのか。そう思うと不安でたまらないのであった。

二十二日に大学から、今学期中はずっとオンライン授業と連絡がきた。腹をくくるしかない。前に進むしかない。

まず卒業したばかりのSを個人的にやとって、Zoomを研究してもらった。Sの本職は演劇の制作で、現在コロナで失業中だ。芝居の制作ができるんだから、授業の制作もできると思った（実際できた）。そしてZoomをすみからすみまで調べあげて対処法を考えてくれた。

持ってる授業は、三百人規模の大クラスが二つ、四十人規模の「演習」が二つ。二つの大クラスには助手《TA》が一人ずついる。大学院生のTとKで、二人とも気心はよっく知れている。この二人がSの進める準備計画に加わって、ひろみチームができた。

Tはオンラインでしかできない授業方法をいろいろと考え出してくれた。Sが主導して、LINEで「バーチャル研究室」を作り、学生たちを呼び集め、みんなで模擬授業を何回もくり返した。その間に、あたしはアメリカの友人のオンライン授業を見学してきた。

着々と準備していたら、五月二日に大学から「リアルタイム配信による授業はアクセスが集中してシステム上での障害が起きるかも」という連絡が来た。無視してたらもっと強い口調のが連休明けに来た。一足先に始まったよその大学では、システム上の障害が起きたという話も聞いた。

ひろみチームはリアルタイムを強行することにしたが、まんがいち障害が起きたときのために、SがYouTubeに移行する計画を立て、その準備を始めた。演習クラスはLINEに移行することにして、受講生をみんなグループLINEに呼び込んだ。

あたしはもうその頃は、毎日ドキドキしてオロオロして、ときどき胃がキリキリした。楽になるはずの三年目、いったいなんでこんなことに……と呪いながら、さてその当日。

あたしは化粧して、着っぱなしだったデニムシャツを脱ぎ、仕事着（True Religionの黒Tシャツ）に着替えた。そして三十分前からZoomを立ち上げ（慣れない子も多いので、うまく接続できなくてもまごつかず、また入ってこられるように）、画面は

OFFのまま、あたしの好きな曲を流した。四分前になったらAkon の Lonely という曲をかけた。「さびしい、さびしい、私はミスター・ロンリーさんだ」と歌っている曲なのである。歌が終わるや画面をONにして、「こんにちは、伊藤比呂美です」と、Zoom の、誰もいない画面の、でも三百人が耳を澄ませている向こうに向かって話しはじめたのだった。

で、その結果。

も・の・す・ご・く、おもしろかった。

Zoom のリアルタイム授業では、学生はあたしの顔が見えるが、あたしには学生の顔が見えない。ところがそこにチャット機能がついていて、あたしがしゃべるそばから三百人の考えがどんどん流れてくる。その見方にはコツがある。流星雨を見るとき、ぼーっと空全体を見るのがコツのように、視界を広げてチャットの流れを見ていると、おもしろい意見が次々に見えてくる。三百人とその瞬間瞬間を共有する。

前にはなかった感覚だ。前はあたしを見つめる目があった。おもしろがっている、退屈していると気を感じた。その気に反応しながら、あたしはしゃべっていた。ところが今は誰もそこにいない。そのかわり、チャットの文字が学生一人一人の呼吸や表情を代弁しながらそこにある。

そして何より支えてくれるSがいる。Tがいる。Kがいる。

あたしは初回の授業で、「バンドの紹介をします」と言って、顔出ししたSを「技術監督のS、つながらない、聞こえない等技術的な問題はSに」、そしてTを（別のクラスではKを）「TAのT、授業に関する疑問や相談はTに」と紹介した。

バーチャル研究室もときどき開いた。夜遅く、十人くらいが来た。みんな寂しがっていた。地方の実家に帰ったままという子もいた。就職したてでテレワーク中というのもいた。一年生でまだ大学に行ってないというのも、迷い込んできた。対面してるよりみんな意見をはきはき言い合う。反対意見もちゃんと出る。相手がそこにいるようでいないから、いやな雰囲気にならない。みんなこんなに意見をちゃんと言えるオトナだったのかと驚いた。コドモ扱いして悪かった。センセイはほっとした。

授業は昼間だから、ドアの前に「オンライン授業中。チャイムならさないでください」と紙を貼ってある。終わってクレイマーを連れて外に出たら、近所の人が（うちは集合住宅の一階なので、みんなが前を通る）「授業どうだった？」と声をかけてくれた。

こうして大学が始まったとたんに、熊本にいるのに忙しくてたまらなくなり、庭の水やりもすっかり忘れて、植えたばかりのクレオメをたちまち枯らした。

とろろ汁啜《すす》りにけりなひたすらに

今回ばかりは俳句じゃなく、「山芋とあたし」というタイトルをつけたいくらいに山芋ばかり食べている。

三月四月五月、どこへも行かれないコロナの日々、熊本のコロナ的生活はゆるかった（ドイツやスペインに比べれば）。もちろん街の中心部にあるデパートは閉まったし、書店も閉まった。郊外にあるあたしの大好きなホームセンターも閉まった（でも他のホームセンターは開いていた）。それで熊本の人々は、デパートや書店やホームセンターに行くかわりに、クレイマーとあたしがふだん歩いている河原や山に出張《でば》ってきた。あたしたちは押し出され、人気《ひとけ》のない山奥を歩くようになって、何度もイノシシに出会ったりした。そんな日々である。そしてあたしは山芋に固執していたし、今も、しているのである。

発端はこうだった。ある日ふと十センチくらいの山芋を買ってみた。普通のスーパーで売ってる、あの長い、正式名称は長芋というやつである。

ふだん買わないそれを買ったのはなぜだろう。ねこちゃんが北海道の人にもらった山芋の話をしていたし、読んでいた漫画の中でも、主人公が北海道の山芋農家でバイトして山芋を食べていた。まだ東京と熊本を行き来していた一月のある日、ねこちゃんと、とろろの専門店（そんなのあるんかいーと驚くべからず、あるのである）に行く計画を立てたが、なんだかんだでうまくいかず、食べたい思いがつのっていたということもある。

母はよくとろろ汁を作っていた。父の好物だった。母がすり鉢ですり下ろしてごーりごーりするのを、あたしはすり鉢を押さえながらみつめていたものだ。

母が死んでから、いや母が入院して死ぬまでほぼ五年かかったし、その前、母は少々認知症っぽくなっていて、料理を満足に作れなくなっていたから、とろろ汁、もうかれこれ十数年食べていない。別れた前夫との家庭では、一、二回作ったきりだ。前夫は山芋が嫌いではなかったが執着もなかった。数年前に死んだ夫は、積極的に山芋が嫌いだった。「日本の文化はたいてい好きだが、納豆と山芋と能と小津の映画は、どうしても好きになれない」とよく言っていた。

まあそういうわけで、ふと買ってみた山芋を、母がやってたみたいにすり鉢ですり下ろし、生卵入れてだしつゆ入れて、よーくすってみたらうまかった。それでまた買ってきた。

二回目はすり鉢ですり下ろさずに（時間がかかりすぎて閉口した）、下ろし金ですり下ろしてからすり鉢ですることにした。「下ろし金じゃおいしくないんだよ」という母の声が聞こえるが、とにかくずっと早い。

数回そうやって作ったが、やっぱり不便で閉口した。すり鉢のふちを押さえる子どもがいない。クレイマーじゃ役に立たない。それであたしは新しい作り方を編み出した。

下ろし金でどんぶりに直接すり下ろす。卵を一個割り落とす。めんつゆと白だし、それぞれ適当量をそそぐ。そして水をじゃっと入れる。それをフォークで激しく攪拌《かくはん》する。いやここは英語でbeat（叩きつける、連打する、泡立てる）と言った方が近い気がする。一分でできあがる。

あたしは毎日とろろ汁を食べた。とろろ汁だけ毎日。糖尿病につき、ご飯なしの生活をしていたからだ。しかし、そのうちご飯が欲しくなった。それでご飯パックを買ってきた。ところが、これが物足りない。ねこちゃんちで食べる、ねこちゃんが土鍋で炊くご飯とはぜんぜん違う。白米はだめだが玄米ならいいとアメリカにいたとき主治医に言われていたので、玄米のパックを買ってみたが、これも物足りない。玄米であることを忘れたようにふわっふわのもちっもち。

それで、昔家族で使っていた炊飯器を探し出してきて、玄米を炊いた。試行錯誤するうちにとうとうあたし好みの炊き方を会得した。玄米に雑穀ミックスもたっぷり入って、ヘルシーというより野趣にあふれ、他人には食べさせられないような、ごつごつ、ぷりぷり、しゃきしゃきした玄米ご飯だ。

というわけで玄米とろろを、三月四月五月そして六月と、四か月にわたって食べつづけている。つまり、いつもの偏食で、偏食の発症であった。

昔からはまりやすい性格で偏食で、夢中になるとそればっかりだった。おとなになるまで、「たべなさい」で抑えつけられてきたし、おとなになってからは「たべなさい」と子どもを抑えつける反面、自分でも食べなければならなかった。家族がいなくなってほんとうに自由になった。

父もこうだった。同じものばかり食べたがって母に嫌がられていた。いやーねーと言うから、そうだねーと答えていたけど、あたしも同じ情熱を心に秘めていたのである。「山芋を食べている」とねこちゃんに報告すると、「こうしたらおいしいよ、こんな食べ方もあるよ」と教えてくれるのだ。さすが料理のプロである。「わあおいしそうだね」と相づちをうちながら、あたしは従わない。ちゃちゃちゃちゃちゃちゃとフォークでビートして、ひたすらとろろを、ひたすら作る。

なんでとろろ？

母の味か？　夫へのリベンジか？　生卵かけご飯のバリエーションか？　精力？　つけてどうなる今さら？　一分ビートに秘密があるような気もするが、ないような気もする。

夏星をニコもとほくで見てるだろ

クレイマーがアレルギー体質で、からだをぼりぼり掻くのである。耳も耳だれでまっくろになるのである。それで獣医へしょっちゅう連れて行く。それでしょっちゅう考えている、こういう生活なら、ニコがいたってできる、と。

『ショローの女』を書き始めて、ニコの名前は一度しか出していない。『たそがれてゆく子さん』のときは何度も出した。カリフォルニアに住んでいたとき、あたしには犬が二匹いたのである。最年長で最古参がパピヨンのニコだった。それからクレイマーが加わり、クレイマーの親友犬が毎日遊びに来て、二階に住むサラ子とパートナーのDがパグの仔犬を飼い始め、そのパグもいっしょに行動しはじめた。ニコは「にゃおんっっ」みたいな声を出して、歯をむいてパグを威嚇しつつ、他の犬たちには見向きもしないで、あたしの部屋であたしにべったりくっついて暮らしていたのだった。

日本に帰ることになった時、いろんな方法を考えた。

「ニコはこのままうちで世話できるが、クレイマーは無理だから日本に連れて行って」とサラ子に言われた。

「そうやってお母さんはいつもいろんな人にいろんなものを預けて」とサラ子の肩を持つ長女のカノコからも末っ子のトメからも言われた。その中には自分たちのことも入っているなと感じるから、ぐうの音も出なかった。だから必死で、連れ帰ることを考えた（そして実行した）。

二匹連れて帰るのは無謀すぎると、あたしですら考えた。それでクレイマーだけ連れて、熊本に帰ってきたのだった。

帰って二年目にクレイマーを愛犬教室に預けるようになったことはもう話した。友人に預けるより気兼ねなく預けられて（安くないお金を払うから）、あたしはより自由になった。だから二年目は、よりひんぱんに熊本から出てあちこちに行った。熊本に帰ってくるたびに、クレイマーが身をよじらせて喜んだ。

それを見ながら、いつも考えた。あと少しだ、もしかしたら三年目の途中で連れてくることだってできるかも、と。あの老いていく小さい体を、あたしが見つめていてやることができる。愛犬教室の先生には、もしかしたらパピヨンも連れてくるかもしれません……なんて話だってしてした。そのときはよろしく、と。

そしてコロナになった。アメリカだろうが東京だろうが、行き来がまったくできなくなった。あたしは熊本に居続けて、クレイマーといっしょにいる。こういう生活なら、ニコがいたってできる、と毎日考えた。

いる。パピヨンはこの辺りにも数匹いる。どの犬も耳が大きく手入れがよく生き生きしてすあの荒《すさ》んだ気候の中で生きているから、毛並みがぼさぼさですけていて、ひどく野性的なパピヨンだ。そのニコが、クレイマーと並んで、この日本の濃い草むらの中を歩くことを何度も何度も考えた。

カリフォルニアの荒れ地を歩き回ると、ニコは小さいし、毛が長いから、からだ中に草の実や花の殻がいっぱいくっついてしまうのだった。その草の実や花の殻をつけたまま、ニコはあたしのベッドの中に入ってきた。枕のひとつがニコ用だった。寝返りをうつとそこに草の実や花の殻だらけのニコがいた。

クレイマーとあたしが家からいなくなって、クレイマーの親友犬も来なくなった。ニコはひとりになった。サラ子が手厚く可愛がってくれようとしたのは知っている。夜はパグといっしょに二階に連れて上がってくれるのも知っている。「でもどんなにしても、ニコは自分で下に降りてしまう。階下の真っ暗なところでひとりで寝ている」と、あたしが三月に日本に帰ってからまもなく、四月か五月ごろのメールに書いてあった。

それ以来、あたしはサラ子に、ニコがどうしてるか聞いていない。サラ子たちが心をこめて世話をしてくれているのは知っているから、だからこそかえって、どうしてるって聞くことができない。信頼して預けてきたんだから、ニコは大丈夫、幸せに生きているると信じていくしかないんじゃないかと思う。

ニコを日本に連れてくるのをためらう理由がもう一つある。ニコの正式な飼い主はトメなのだ。あたしがニコを諸般の事情で手放しているように、トメもまた諸般の事情で(大学に入学して以来)手放している。あたしが日本に連れてきたら、それっきりトメはニコに会えないが、ニコがあの家にいるかぎり、トメが帰れば再会できる。四年間離れていようが四時間離れていようが、犬は同じように懐かしがり、うれしがるのだと、以前犬の訓練士に教えられた。

サラ子たちとパグの家庭ができている。ニコは夜中になると、ひとりで階下にひたひたと降りていって、おかあさん(あたし)のベッドはからっぽで枕もないから、しかたがない、昔はクレイマーがいつも寝ていた、だれかのおしっこのにおいやスカンクのにおいやいろんなにおいの染みついているソファに乗って、そこで寝る。あたしが、あたしの枕に寝ていいよと抱いて連れてくるまで待っていることができなくて、間に合わないで死んでしまうんではないか。なんだろう、この気持ちは、父や母や夫の衰えていくのを見ていたときにもいろんなことを考えた、その気持ちよりずっと強い。ずっと切なくて、ずっと悲しい。

ゆけルンバ炎暑荒野をものともせず

クレイマーのどこがかわいいと言って、さあこれから散歩というとき、うれしさが抑えきれなくて、あたしの背後からすりすりとあたしの太ももに自分の首すじをなすりつけるとき。あごの下をなでてくれと押しつけてくるときもかわいいし、呼んだら応《こた》えて走ってきて、あたしの股の間に頭を突っ込んでくるときもかわいい。

つまりクレイマーが自分から、感情をうごかして、あたしのことを好きだということを伝えてくるときが、とてもかわいいのだった。

モーも同じで、いちばんかわいいなあと思うのは、自分から感情を発して見せるとき。モーの場合は好きもへったくれもないから、つまりそれが、自分のベースに帰るときだ。

ふふふ、なんの話かって？

ロボット掃除機を買ったのだ。あの丸くて黒いやつ。

ずっとこの頃、ほんとにこの頃、家が汚いのが気になっていた。コロナであたしがずっといるようになり、クレイマーもずっといるようになり、何もかもが犬の毛だらけで、部屋の隅には毛が吹きだまっている。

あたしは毎日クレイマーを外に連れ出し、河原に行けば川に入らせ、山に行けば藪の中をほっつきまわらせ、海に行けば砂の中、泥の中、さんざん遊ばせる。クレイマーは、お外も好きだが、家に帰るのも大好きだ。泥足のまま、全身から砂だの細かい種子だのを振り落としながら、家の中に駆け込んでくる。

食べものをうっかり落としたら、拾って食べるのは当然と思っていたが、今はたちまち毛だらけになるから、とても口に入れられないのだった。

部屋の隅につもっている犬の毛が、古い白黒映画の西部劇の、砂嵐の吹きすさぶ荒野に吹きだまるタンブルウィードのようだ。つまり家の中が荒野のように荒んでいる。

アメリカに住んでいたときは、ここまでは汚くなかった。夫は朝ベッドを出るときに靴をはいて、夜ベッドに帰るまで靴を脱がなかった。つまりいつも土足だった。そして犬ならいつもいた。ここまで汚くなかったと思うのは、たんに家が広かっただけかもしれない。

掃除すればと思うのだが、それが、なかなか、おっくうで。休みの間ならやらないでもない。でも普段は仕事が犬の毛より山もりになっていて、とろろをすったり植物に水をやったりはできても、掃除機をかけるために必要な心の余裕がまるっきりない。

ある日、ネットでルンバの広告を見た。それで心が揺れたちょうどそのとき、友人が二人遊びに来た。

コロナ以来、人が来るのは初めてだった。「初めてなんじゃない、こうやってずっと家にいるのは」などと言いながら入ってきた友人が、心の中で「うわっきたなっっ」と思ったのをあたしは感じ取った。

そのうち話がルンバになり（あたしが持ち出したのだ）、友人の一人が「それこないだ買ったばっかり」と言うのである。話を聞くと、あたしが買おうかと思ったのと同じやつだ。その友人の家にも犬がいる。「とってもいい。すごくカワイイ。犬の毛なんてばんばん吸い取る。けなげに働いてくれる」と友人はほめちぎり、もう一人の「うわっきたなっっ」と思った友人が「あー、それはいいわね」と強く賛成した。あたしもそう思った。二人が帰ってすぐあたしはポチり、それが家にやってきた。

名前はM―O《モー》。ピクサーの『ウォーリー』に出てくる掃除ロボットの名をいただいた。

作動させたモーは一心不乱に、あらゆることを自分を勘定に入れずに、よく見聞きしわかりそして忘れず、一時間強働いた後、自分で勝手にベースに戻り、合図音を鳴らして静かになった。その瞬間あたしは何だか「おうちにかえる」みたいなロボットの意思を感じた。

コンピュータでできた心に感情なんかないのは知っている。でも「おうちにかえる」、なんて感情にあふれた行為だろう。

ベースに帰るようにプログラムしただれかが、プログラムしたそのとき、窓越しのあかりや室内の暖かさ、台所からただよってきたにおい、濡れた頭を拭いてくれた親の手とタオル、なじんだ毛布に自分をくるんでくれた親の手、ぽんぽんとたたかれて感じた安心感、それから年月を経て、うちに帰ったときに見た年取った親の顔、その人がそういうことを考えていなかったとは言えないし、プログラムされたように動くしかないロボットにとって、帰りつくベースは、いったいどういう存在なんだろう。

「モー、ありがとう」とあたしはつい声をかけたのだった。そして「ほら、きれいきれいしよう」と自分でも思いがけないことを言いながら、その感情的な自分に驚きながら、そのダスト容器を開けたら、出てくるわ出てくるわ、際限のない量の犬の抜け毛、人の髪の毛、砂と埃。

ロボットって、どうしても人型ロボットを想像していた、昔は。しかしリアルに使いはじめたロボットは、抽象的な円盤形で、掃除をする人というよりはまるでゴキブリみたいな動きをする。そしてあたしはこんなものに心をきゅんきゅんさせ、昔赤ん坊を育てるときに使っていたことばで話しかける。

クレイマーにならいつも言っている。アイラブユー、クレイマー。いい子ね、クレイマー。さあ、そこでおしっこして、おうちに帰ろう。

さすがに掃除機にはアイラブユーを言わないが、こんなふうに。

ほらほら、モーもきれいきれいしよう。いっぱい取れたねー、すごいねー。さあ、きれいになった。じゃ、おうち帰ろう。

これがロボットと暮らすリアリティ。また一歩、子どもの頃に夢見た未来ってやつに、近づいたような気がする。

うつくしき真夏や友に逢ふことなく

今は八月だけど、みなさんとあたしには時差がある。これを書いたのは七月の半ばだ。そのときのあたしは疲れ果てていた。オンライン授業のせいだ。今までこんなに疲れたことがあったろうかと考えながら、あたしは学生のことを考えていた。

コロナで、学生たちが一人ぼっちだ。

若い人はいろいろある。失恋もする、就活でも苦しむ、いっぱい失敗する。「何事も経験だ、タメにならない経験はひとつもない（伊藤比呂美）」と言ってるけど、コロナの今、学生の孤独が、あたしに突き刺さる。

前にも話したが、あたしは三百人規模の大教室を二つ、四十人規模の演習クラスを二つ教えている。そして今期はどれもオンライン。

演習のクラスはいいのだ。Zoomだけど、みんな顔を出して対話しながらやる。二年生以上だから、大学というものにも慣れている。

大教室の授業は「文学とジェンダー」と「短詩型文学論」。タイトルは堅いけど、あたしがやってるから、柔らかくて、本質的で、すごくおもしろいんですよ。こっちはウェビナーという講演会みたいなシステムでやる。学生は顔を出さない。かれらに見えるのはあたしだけだ。

そこには一年生もたくさんいる。そしてこの一年生たちは、まだ大学という場所に一度も行ってない。

普通のときなら、大学生になると、サークルに入ったり、友達や恋人をつくったり、セックスをし始めたりする。町にもくり出す。飲んで吐く。失恋して泣く。目に浮かぶ、キャンパスの人混み。早稲田の駅前の人の流れ。高田馬場の駅前の混乱と喧噪《けんそう》。

今年の一年生はそういうのを知らない。

彼らは大学に友人がいない。サークルの入り方も知らない。高校生のときからひきつづき勉強はできる。ただオンラインで出された課題を一人でやるのである。そしてあたしのクラスのリアペ（リアクションペーパー、授業の後に感想を書く紙）に「周囲にだれもいない」「だれにも会っていない」「一人ぼっちで授業を受けている」「実感がわかない」「孤独でたまらない」「昨日は母の前で大声で泣いてしまった」などと書いてくる。「短詩型文学論」のリアペの中からいい意見を読み上げたとき、一年生から「これが大学か！」という反応が来たこともある。びっくりしたんだと思う。意見の高度さに。高校との大きな違いに。

孤独であるということ。

親や自分や自分の性と同じように、この時期に向き合わずにはいられない問題だ。でも今はあまりにも大きな力に巻き込まれているから、自分じゃどうにもならない。戦争に巻き込まれたようなものだけど、音もなく、目にも見えない。ただ無力で非力なのを実感するだけだ。不安だろう、ほんとに不安でたまらないだろう。かれらから訴えかけられるたびに、あたしの胸がずきずき痛む。

それで今、計画してることが二つある。

一つは「短詩型文学論」の最終回で宮沢賢治の「雨ニモマケズ」をみんなで朗読したい。これもTAのTのアイディアと、そしてSのサポートがあったからできることだ。テストはやってみた。全員で声を出すために、声を出せないウェビナーから声を出せるミーティングというシステムにみんなで移動して、萩原朔太郎の「ふらんすへ行きたしと思へども」という詩を朗読してみた。ミュートにしていた学生たちのアカウントから、一斉に声が出てきた。

「みんなが一斉に自分の空間を解放して、それが音だけでなくどこか解放的な雰囲気で」「どんどんずれて、詩が言葉から離れて、音の羅列になったとき、そこで感じたのは街の喧噪でした。人々が気の向くままにおしゃべりをするようなその音はとても懐かしく、たくさんの人のしゃべり声に安心感を持った人は私以外にも大勢いたと思う」「声はバラバラでも、大勢の人間が同じことをするという確かな一体感」「いろんな時代、いろんな場所、いろんな人がザーッと心に入ってきて、自分とつながる感覚だった。こみ上げるものがあった」と学生たちがリアペに書いてきた。

もう一つは「文学とジェンダー」で、今期の授業が終わったら、希望者を集めてオフ会をしたいのだ。

「文学とジェンダー」では、ジェンダー、LGBTQ、性の悩み、親との葛藤、人生のことならなんでも話し合う。ここでも一年生の大半は高校生のままだ。孤独だ、一人だ、どうやったら友達をつくれるのかとしきりに言ってくる。去年まで、対面式でやってたときも、人とどうやって関わるかわからない、友達ができないという悩みはなんべんも出てきた。それで授業の初めに、ホラ隣の人に話しかけて名前を聞いて、なんてことをやらせていたのだった（いやがる子もいるから強制はしないようにして）。

オフ会、どれだけ集まるかわからない。Zoom じゃやっぱり本当の接触じゃない。でも学生たちは一人ぼっちだ。一人で不器用で必死に生きている子どもたちだ。なんとか人とつなげてやりたい。だからたとえば、数人ずつ班にして自己紹介しあって二十分したら新しい組み合わせでまた自己紹介、LINE 交換して二十分したらまた組み合わせを変えて。お見合い会じゃないけど、そうでもしないと、このままかれらが、大学の最初の半年、リアルな実感をつかめずに、ただ一人ぼっちだ、一人ぼっちだというだけで過ぎていってしまうように思えて。

なんてことを考えているのに、一日に何度も思うのが「夏休みまであと少し」。ああ疲れている。むっちゃくちゃ疲れている。疲れが五臓六腑に沁みわたっている。六十すぎてこの職は、じっさい無謀だった。

マスクして結ぶ命や夏の空

マスクが嫌い。マスクは臭い。

子どもみたいなことを言うんじゃないと叱られそうだが、ほんとの子どものときから、あたしはマスクが大嫌いだった。

マスクの中で自分のからだのニオイが混ざり合い、すえて、腐って、自分に戻ってくるようで耐えがたい、と給食当番をやりながら考えた……ということは、九つか十の頃だ。一部の男子がやってたように、あたしもアレをあごの下にひっかけたまま、カレーをよそったり、脱脂粉乳をつぎわけたりしていた。

風邪をひいたときにもマスクをしたことがないけど、親のマスク姿も見たことがないから、伊藤家全体が感染症に無知で鈍感だったのかもしれない。切り傷やすり傷も、赤チンぬっとけと言われるくらいで、ていねいな手当をしてもらったことがあんまりない。

しょっちゅう怪我をしていたあたしは、しょっちゅう切り傷やすり傷が膿《う》んでいた。

この頃、膿むってことがなくなった。今でもあたしはしょっちゅう怪我をしているんだが、抗生剤入りのクリームを塗ってバンドエイドを貼ってちゃんと手当するから、傷のなおりがほんとに良い。

そういえば子どもの頃、母がよく言っていた。「とがめたらいけない」「そんなことしてたらとがめちゃうよ」などと。「とがめる」というのは、膿んだりすることを言うんだけれども、よそで聞かないから方言かもしれないと思っていた。ところが、今から十年くらい前に高校時代の友人のお母さんの口からそのことばを聞いて、思わず息を呑んだ。死んだ母の声を聞いたような気がして。その友人のお母さんもやがて認知症になり、長い間介護されて、去年亡くなった。傷口の膿んだのをしばらく見ないなと思ったら、そんなことを思い出した。

もしかしたらあの頃、あたしの子どもだった頃は、社会全体が今ほどマスクしてなかったんじゃないか。

日本人はよくマスクをするなあと思い始めたのは、アメリカに住みついてからだ。子どもを全員連れて引っ越ししたのが一九九七年、SARSで大騒ぎになったのが二〇〇三年。空港なんかで（ああ、その空港も、しばらく行ってない）全員マスクの日本人の団体を見かけて、異様だなあと思ったのも、その頃だったんじゃないかと思う。

アメリカは、マスクはしないが、ゴムの手袋はする文化だった。医者も看護師も介護士も、人のからだに触れる職業の人はこまめにゴムの手袋をはめ、人のからだに触り、それを捨てた。婦人科の内診ならゴム手袋も当然だと思うが、夫がしばらく入っていたリハビリ施設でも、彼を車椅子から乗り降りさせるたびに職員が手袋をはめて夫を動かし、そして手袋を捨てるので、「自分が汚いもののような気がする」と夫が言っていたのを覚えている。そしてその頃、日本の医者や看護師は、生の手で、へいきで、体液いっぱいの生きた人間に触っていたもんだ。

二〇一八年にあたしは日本に帰ってきて東京の町を歩くようになった。そしたら東京はマスクの人だらけになっていた。当時は珍しかった黒マスクの人もいて、地下鉄の光景がそのままファンタジー映画の一場面に思えた。

コロナが来てマスクが買えなくなってから、熊本のこの辺りでは老人会が集まって、集まっちゃいけないだろうと思うのだが、それでも集まって、マスクを作った。当時はゴムひもも払底していたから、肌色のストッキングを輪切りにして代用した（未使用だからねと老人会の人たちに念を押された）。あたしにも四枚くれた。

それで二枚を、ベルリンの友人に、出たばっかりのあたしの本『道行きや』といっしょに国際スピード郵便（EMS）で送った。ベルリンでもマスクが不足していて、病院通いをするのに困っていると言ってたからだ。EMSはドイツには送れた。

みなさん知ってるだろうか。今、海外に荷物を送りにくい。コロナからこのかた、この国もだめ、あの国もだめと郵便局に行くたびに送れない国が増えていった。戦時中ってこんな感じかなとそのたびに考えた。

カリフォルニアの娘たちも、マスクが買えないと言っていた。もうすぐアベノマスクが来るから送ってあげようか、だいじょうぶ、自分で作ってるよなどとやりとりしているうちに、アメリカにも送れなくなった。あたしはこまごまと物を送ったりしない、誕生日もクリスマスも忘れっぱなしの薄情な母で、薄情な祖母だ。でも送らないのと送れないのはぜんぜん違う。遠くて遠くてたまらなくなった。

さて、あたしはどこにも行かないが、日々の買い物はしなきゃならない。スーパー、ホームセンター、パン屋、ガソリンスタンド。

老人会謹製のマスクが車の中に置いてあり、車から出るときにシャッとかける。ずっと同じのをかけてるから、臭いっちゃ臭い。

でも子どもの頃と違うのは、給食当番の、三角巾とガーゼのマスクを理由もわからずに強制されるのとは違って、コロナ対策というハッキリした目的があるってことだ。なぜマスクするか、どこをどうおおえばいいのかも理解した。手の洗い方もきちんと知った。痛い（臭い）ことも、その理由をちゃんとわかれば痛くない（臭くない）ってのは、アレだ、その昔、ラマーズ式無痛分娩法で勉強した、なるほどと考えたわけ。

空飛んで生者に会へり葛の花

お盆の頃、五か月半ぶりに東京に行ったんだが、なんと空港への道を忘れていた！

ここ二年間、毎週、朝のラッシュにイライラしながら熊本空港に通った。いろいろ試してみるうちに、とうとう最速ルートを見つけた。信号の少ない、右折車にも登下校ラッシュにもひっかからない神ルート。ところが五か月半ぶりに空港に行こうと思ったとき、そのルートのことなんかすっかり忘れて、空港行きのバスが普通に通る正規ルートを通ってしまった。そして正規ルートは混んでいて、あたしは五か月半ぶりのイライラを思い出したのだった。

空港の駐車場は混んでいて入れないことがあるから、手前にいくつもある私設の駐車場に停《と》めていた。このたびもそこに車を乗り入れると、がらんとして人気もなかった。受付で呼ばわると、あたし世代の男が二人出てきた。「コロナでどうでしたか」と訊くと、「大変でしたよ、一時は閉めてたときもあったくらい」と言った。

だいぶ前、早稲田に通い始めてすぐ、そこの若いスタッフに「東京でどんなお仕事されてるんですか」と話しかけられ、「大学で文学を教えてるんですよ」と答えると、

「ぜんぜん見えません、ミュージシャンかと思いました」と言われて、ふふふ、ちょっとうれしくなり、いろんな話をするようになった。ずいぶん話したから、その人の家の間取りや奥さんのことや若いときの留学経験や飼っている犬のことも知っている。ところがその人本人の名前は聞いてなかった。

それで「あの若い方はどうなさってますか」と聞くと、空港まで連れていってくれた駐車場の人は言った。

「やめてもらいました。何人もいたけど、みんなバラバラになっちゃいましたよ」

空港は改装中だった。地震のちょっと前に大改装が終わり、スッキリしたなと思ったら地震でボコボコに壊れてトイレとか使えなくなり、それをまた改装したばっかりだった。駐車場の人が言った。

「国際線と国内線の建物をいっしょにするらしいですよ、前からそういう予定があったらしいけど、地震でお客が減って、コロナの前に国と国の仲が悪くなってぜんぜんお客が来なくなった。それでコロナで」

阿蘇に韓国からの観光客が来なくなったということは知り合いから聞いていた。

阿蘇の奥の林の陰の、サラ子がDにプロポーズされたあの水源。そばの休憩所では水源の管理人が韓国からの団体客に昼食を出す。あたしは客が遠方から来るたびに、阿蘇に車を走らせ、そこに立ち寄り、水源の水で淹《い》れたコーヒーを飲んで、管理人ユカリさんと話した。この間会ったとき、サラ子たちが来た後のことだが、韓国からの観光客がばったり来なくなってやっていかれないと言っていた。コロナで打撃が大きかったはずだ。

ユカリさん、今ごろどうしているだろう。LINEを交換したのに連絡してない。今はもうあそこにいないんじゃないか。そう思うと寂しい。連絡してないことが後ろめたい。

仮設の空港はがらんとしていた。例年お盆は人が多い。祖父母が出口で待ち構えているし、再会した孫ははにかんでいる。そんな光景があった。それが今年は、ほんとにだーれもいないのだった。

東京も、羽田はがらがらだった。渋谷はまあまあ人がいた。そのとき、あたしはNHKに行ったのだった。

あたしは高橋源一郎さんの『飛ぶ教室』にときどき出ている。源一郎さんとは八〇年代からの友人で、ほんとに気の置けない友人だ。

このラジオ番組に月イチのゲストで出るようになったのは四月からだ。そしてそれもオンラインだった。最初はほんとに音が不安定だった。ほかのゲストの回を聴いてみたら、電話やSkypeで参加するゲストの声は聴きづらかった。四月の頃はどこの電器屋でもコンピュータの周辺機器が払底していたから（みんな在宅ワークになったから）、手持ちのイヤフォンやマイクしかなかった。しかたがない、できることをやるしかないという状況だった。

何回かやったら慣れていった。オンラインにも、音質の悪いのにも。

五月六月七月、あたしはそんな感じで、NHKラジオの『飛ぶ教室』に参加した。ずっとこれでもいいなーと思ってさえいた。

ところがですよ。その頃NHKの規制が緩和され、スタジオのゲストが二人までOKになった。それで八月十四日の特番『高橋源一郎と読む　戦争の向こう側2020』で、あたしもスタジオに入ることになった。

当日、渋谷のNHKに行って、スタッフの人たちと対面して挨拶して雑談して笑った。源一郎さんと対面して雑談して笑った。スタジオの中に入って、スタッフに無言で指示されながら話し始めた。源一郎さんとは向かい合いではなく隣り合っていたし、あたしたちの間にはアクリル板があって、マスクもあった。

でもほんとうにすごかった。生身の人間と関わるということ。

生身の源一郎さんがいて、生身の脳で考えることがあって、生身の声が身体から出てきた。源一郎さんが生きてる、生きてる人間の生きてる反応にあたしも生きてる反応を返す。そこがオンラインと同じなのに、ぜんぜん違って、あたしは、源一郎さんの生きてる生きてる生きてる存在にすっかりおぼれた。快感だった。

くるま何千里夜長の犬乗せて

車を買った。

車を買うって人生になかなかないことだなと思いながら買った。

木を植えたときも（カリフォルニアの家の庭にコショウノキを植えた。今は大きく育って葉がわさわさと枝垂《しだ》れている）そう思った。ピアノを買ったときもそう思った。犬を飼い始めたときも、毎度そう思った。

今の車は日本に帰ってきたときに買った。あたしは二年半しか乗ってないが、その前に知らない人が十二年乗ってたから、かなり古い。それでしょっちゅう故障した。修理の人に何度も見せたが、その都度、まだだいじょうぶと言われてきた。

それが今度ばかりはとんでもないことになっていて、アクセルを踏むと、あたしは八〇年代の暴走族漫画をそれはそれは愛読したものだが、あんな感じの効果音がウオンウオンウオンとひびきわたる。その爆音の合間にカタカタカタカタカタと金属音もする。不気味である。何かが取れかけているんだと思う。

その上ここ数週間うまく坂をのぼれない。思いっきりアクセルを踏んでも、ウオンウォンウォンとうなりながら、ほとんど後ろへ下がっていくような気がする。サンフランシスコではこわかったなあと思い出すが、熊本の坂はもっと緩《ゆる》いおとなしい坂だ。

中古車屋さんに見てもらったら、買ったほうが早いと言われた（驚かなかった）。この中古車屋には、今の車を買うときに世話になった上に、鍵があきませんとかぶつけましたとかで何度も世話になっている義理があり、そのままそこで車を物色し始めた。するとなんとMINIがあった。買えない値段じゃなかった。外車は軽より値下がりするんだそうで、むしろ激安で、これなんかいいですよと薦められたアルト（軽）と走行距離は同じくらいなのに、それより安かった。

中古車にはどんな状態かをあらわす記号がある。Amazonの古本の「可」や「良い」みたいなものだ。MINIの評価はAで、アルトはSSだった。あたしは悩んだ。

日本に帰る前はMINIに乗っていた。

正確にいえば、夫の車だった。

夫はイギリス人で、ロンドンっ子で、アメリカに移住するまでずっとMINIだったそうだ。最初の離婚の後、妻に引き取られた子どもたちが恋しくてロンドン中をあてもなくぐるぐると走りまわったときもMINIだったし、とうとう子どもを取り返し、連れて帰ったときもMINIだった。三人の子どもを乗せてヨーロッパ中を走りまわったのもMINIだった。縦も横も大きい男に、幼児から思春期までの子どもが三人。よく入ったものだ。

あたしが夫に出会ったとき、彼はホンダのシビックに乗っていた。それから日産の大きなSUVやVOLVOの四角いステーションワゴンに乗った。そのうちに老いて、車の乗り降りのときにうめくようになった。それであたしがトヨタのRAV4を買った。夫をトヨタやホンダやあらゆるディーラーに連れて行って、試してもらって、これなら乗り降りしやすいと彼が言うのを買ったのだった。

ところがその頃から、路上でMINIを見かけるようになった。夫はあからさまにほしがり、見かけるたびに、昔はアレに乗っていた、アレが俺の車だったとうるさくてしょうがなかった。そのうちガマンができなくなったらしい。絵が一枚売れたとき（夫は画家）、そのお金でMINIを買った。

普通の車に乗り込めないからRAV4を買ったのに、かがむどころか体を折りたたまなくちゃ乗れないような車で大丈夫なのかと思ったが、夫は平然と乗り降りし、文句も言わず、そして子どもたちもいなくなり、夫婦と犬だけになり、MINIで間に合うようになっていった。

運転はいつもあたしだった。

小さいのに重たくて、アクセルを踏めば弾丸のように飛び出すし、どんな長い山道でも（娘たちのところに行くとき、ロサンジェルスの北端は長い長い山道が続く）安定してつっ走れるし、市街地では直角にまがれるし、あたしは夫を乗せて、それから夫がいなくなって犬たちだけになって、走りまわった。

MINIの運転はいつも楽しかった。

夫が死んだ二年後に日本に帰ってきたのだった。そのとき友人から買い取ろうかという話があった。でも断った。夫の残り香が漂っている気がした。そのまま置いてきて、今はカノコが乗っている。

そういうわけだ。MINIには思い出も思い入れもある。感傷もありすぎる。今またMINIを買って、楽しい運転を思いっきり……と思ってふと考えた。どこを誰と走るんだろう。お客が来たら阿蘇、たまに天草。あとは市内のおつかいだ。前みたいに数百キロの長距離は走らない。同乗するクレイマーは、MINIだろうがアルトだろうが、乗ってどこかに行かれりゃいい。

カリフォルニアでは、MINIの維持費がやたら高かった。トヨタの比じゃなかった。日本では維持費以前に、軽と普通車の税金の違い、車検の違いがある。ちょっと計算しただけでも一年間に五、六万円の違いである。五、六万、本や植物がだいぶ買える。

早稲田もあと半年、やめたら定収入がなくなる。あたしはどんどん老いていく。なんてことをつらつらと考えたあげくに、あたしはSS評価の、故障の少ないはずの、維持費が安くて、サポカー機能とナビ機能とバックカメラのついたアルトを選んだのだった。あと半年で早稲田の任期が終わるという今、車を買うということは（買わざるをえなかったんだが）もう少し日本にいようという決意かなとも考えた。

台風や河原荒草怒濤なす

大きな台風が来るということだった。

その名も台風十号。今までに経験したことのないような台風になります。最大風速は五十メートル、雨量は五百ミリ、伊勢湾台風に匹敵するような大型台風で、自分の身を守ることを最優先してくださいなどとテレビやラジオで専門家が顔をこわばらせて言いつのるものだから、あたしも不安になり、とりあえず庭の植木鉢を、飛ばされないような場所に移していたとき、垣根越しに見た隣の家がなんだか異様なふんいきになっていた。


窓という窓に、緑のテープが、縦横斜め十文字のユニオンジャック型におどろおどろしく貼られてあった。ハロウィーンかと一瞬思ったが、そうではない。台風だ。

あたしの住んでるのは住民一同とても仲のいい集合住宅なので、さっそく隣の家に行って「あれは何？」と聞いたところ、隣人が言うには、これは養生テープというもので、貼りやすく剝《は》がしやすい、剝がした痕が残らない。窓に中から貼っておくと、窓が壊れたときに片づけやすい。養生テープ、今はもうどこでも売り切れだが、うちにまだあるからと三巻きもくれたのだった。

さて考えた。聞けばこのテープ、ガラスが割れるのを防げるわけではなく、散らばるのを防ぐだけのようだ。だったら片づける手間も困る度合いも同じじゃないかと思ったが、なにしろ隣の善意の養生テープ、名前からして人の情けがいっぱいつまっている。万が一使わないまま台風の被害が出たら、隣人の善意も無になるだろう、隣人たちは何と思うだろう、などと考えた末に、小心者のあたしはテープを貼ることにした。

実は、あたしは見たかった。今までに経験したことのないような台風の風に吹かれて、河原の草が、今までに経験したことのないように立ち騒ぐのを見たかった。五百ミリの雨を降らす雲の動きを逐一見たかった。

うちの窓は大きなハメ殺しで、窓の前には河原の土手がどーんとある。そこに視界がぱかーんと開けている。

遠景に街やお城が見える。さらに遠くに南阿蘇の山々が見える。遠い奥に噴煙が立っている。右にかすむのは宮崎の高千穂だ。

風が吹けば草が揺れる。雨が降ればいちめんが濡れそぼつ。雷雨があれば、空いっぱいに稲光が生き物みたいにひろがっていく。

そういうのを見たかったから、この家を作るとき、窓をこんなに大きくした。

窓は少し奥まったところにあるから、直射日光があまり射さない。でも限りなく明るいから、室内観葉にはもってこいの窓だ。そこにあたしは植物を並べている。昔はカーテンがかけてあったが、今はカーテンレールにカーテン代わりに吊り鉢をぶらさげてある。

河原の方から、石だの放置された自転車だの根こそぎになった木だのが飛んできたらひとたまりもないが、奥まっているから、実はそこまで何かが直撃するとは思えない。

養生テープを貼ろうと鉢をどかしたら、ゴミがたまっていたので掃除機をかけ、受け皿が汚くなっていたからそれを洗い、ついでに水もやり、ガラスの汚れもきれいに拭き取り、てなぐあいに、大掃除なのか台風の準備なのかわかんない感じでよく働き、すっかりきれいになった窓のガラス面に、緑色のテープをびーーーっと貼って伸ばし、またびーーーっと貼って伸ばしという作業をした。段ボールを裏側から貼るといいとも教えられたが、そんなことをしたら、せっかくの台風が、何も見えなくなってしまうと思って、テープだけにしたのだった。

ところがあたしは不器用だった。ほんとにほんとに不器用だった。隣の家みたいなユニオンジャックを作るつもりだったし、作れるつもりだったが、とんでもなかった。

さて、なんとか貼り終え、風も強くなってきたという夕方、あたしは（人の目を気にしながらこっそり）家を出て、遠くの河原に、うちの前の夏草や秋草が思い思いに生えている河原じゃなくて、ちょっと遠くの、大きな川の、同じイネ科の草が一律に植えられて定期的に刈り取られ、広大な草原になっている河原まで、草のなびくのを見に行った。

壮観だった。草波はごんごん揺さぶられていた。雲はどんどん動いていた。雨がばらばら降ってきた。見上げたら、つかみ取れそうな低空を、霧みたいな、波みたいな雲が、渦を巻いて流れていった。

よその家々にも軒並み養生テープが貼ってあるのを見ながら、家に帰りついたら、うちのテープの無様さがいやに目についた。

よその家のは、どこもユニオンジャック型かナナメバッテン型だったが、うちのは左右非対称のつぎはぎ型で、あたしのやくざな生き方が露呈しちゃった感じがした。

台風が楽しいの風雨がおもしろいのなんて、人前で言えない。昔は言ってたような気もするが、言ってなかったかもしれない。今は言ったらどこかの正義の人に、手厳しく批判されるような気がする。被害に遭った人はなんと思うか、まだ被害に遭ってないからそんなことが言えるのだ、自己責任等々聞こえてない声が聞こえるのは、自分の耳か。

てなことを考えながら夜の八時に寝て、早起きして早朝の襲来にそなえた。

台風が熊本に来るのは四時頃だという話だったけれども、起きた三時頃も、少し経った五時頃も、明るくなった六時頃も、風はびゅうびゅう吹いていたが、期待したほどじゃなく、雨はちっとも降らなかった。

猫が来て草の穂綿を乱しけり

猫を飼ったったったったった。

ちょっと前に、阿蘇の奥のひっそりとした水源のそばに住んでいるユカリさんのことを書いた。ユカリさんとLINEを交換したのに連絡してない、連絡してないことが後ろめたいという文を書いた。そしたら『婦人公論』はすごい。ユカリさんがそれをどこかで読んだ。たちどころにLINEが来た。「元気です、なんとかやっています、今うちは猫が五匹も生まれて大変です」と写真がついていた。

それで、一晩考えた。

猫のことは、なんとなく考えていたのだった。この間仔猫を拾ったときに（友人Bともう一人に二匹ずつ引き取られ、今はそこでかわいがられている）、そう思いはじめたのかもしれない。

あの頃はまだ早稲田に通っていて猫なんてとんでもなかった。でも今はコロナで、オンラインで、あたしは家にいるから、猫だって犬だって飼える。ニコを引き取りにアメリカに帰れないだけだ。

クレイマーがあたしのベッドで一日中寝ている。カリフォルニアでは楽しげによく遊ぶ若犬だった。ここでは違う。つまらなそうに生きている。散歩はもちろんよろこんで行くし、散歩中は甘えてくるけど、家の中のクレイマーは「おかあさんはお仕事」と思い込んでいるらしく、かまおうとしてもすっと離れていく。それで、あたしは一人、クレイマーも一人。

あたしのベッドが乱れていると、クレイマーは辛抱強く待っている。整えてクレイマー用の毛布をかけて「ほらできたよ」と言うと、待ちかねたアと言わんばかりに横になる。なんだか年寄り相手に介護ベッドを作ってるようだ。夜更けてあたしがそこに寝ようとすると、すっと隣の部屋に行く。いっしょのベッドで寝ることはしない。カリフォルニアでは、あたしの枕で寝たがるニコと競ってふとんの上に乗ってきたものだ。人間だって年を取れば穏やかになるから、クレイマーも年を重ねて穏やかな成犬になったのかもしれないが、それにしてもつまらない。

そんなときだったのだ。ユカリさんのところに仔猫が五匹。

一晩寝て、起きて、ユカリさんにLINEした。「一匹もらえませんか」。すぐに「いいですよ、ひろみさんなら」と返事が来た。

そのまま衝動的に、あたしは阿蘇までつっ走った。猫をもらいに。

連れて帰ってきたのは二匹で、どっちも雄だ。ユカリさんに、どうせなら二匹と勧められた。

一匹はパン、もう一匹はメイ。よく食べておなかがぱんぱんだからパン。五月に生まれたからメイ。メイって言ったら女の名前だなあと考えたが、そう言えば、いた、いた、男のメイが。ブライアン・メイだ。それで、もう一匹は、パン改めティラーだ。このかわいさは断固としてティラー、ディーコンでもマーキュリーでもなく、と『ボヘミアン・ラプソディ』を何十回も見たあたしは思ったのであったった。

ユカリさんちで仔猫がわらわら寄ってきたとき、ティラーだけが近づいてこなかった。でも遠くから、じっとあたしを見つめて目を離さなかった。そしてあたしは、その目から目を離せなかった。相性があるからじっくり選んでとユカリさんに言われたのに、近寄ってこない猫を選んでどうすると思ったが、これも縁だ。一方メイは、「あ、おきゃくさんだ」と最初に近寄ってきた仔猫だった。

ティラーは赤めのキジトラで、ちょっとクレイマーに似た野生色。メイは遠くにアメショーが入ってるようなサバトラ色。他の三匹は白キジだった。二匹と三匹は父親が違うとユカリさんが言った。

猫ってすごいもんだとあたしが心底から感じ入ったそのとき、当の母猫が、五匹を別々の雄猫の精子で妊娠し、産み倒したというか産み遂げたというか、そのすごい母猫が入ってきた。そして「お、猫だ」と思っただけのクレイマーの出合い頭の鼻っつらに、がつんと猫パンチを食らわした。クレイマーはキャンとも言わずにしょげ返り、あたしの足もとにうずくまってしまった。

あたしが隣の部屋に行って仔猫に囲まれていたときも、クレイマーはしょんぼりとうなだれたままついてきて、うなりもせず、追いかけもせず（ふつう猫にはそうする）、あたしにぴったりくっついて頭を垂れて座り込んだ。よっぽどショックだったのである。

仔猫たちを連れて家に帰った後も、二、三回小声でがうと言ってみせただけでそれ以上のことは何もなかった。

不思議だ、猫というもの。

クレイマーとあたしは同じものを見て、理解度の差はあれ同じルールで生きている。ところが猫は、そんなルールはまったく知りませんという感じで生きている。万有引力なんて関係ないみたいに動く。肉体には重さがあるという根本を無視して歩く。植物の鉢を落として割っても、平然としてまたくり返す。犬なら反省して目をそらすだろう。

トイレのときだけいやに地球的に、人間の文化に合わせたようにすっと腰を落として砂の上に排泄する。

仔猫が来てから、クレイマーは目を合わせないように生きてきた。仔猫たちは傍若無人、天上天下唯我独尊、クレイマーはどんどんすみっこに押しやられていった。
ところが十日目の今日、あたしはすごいものを見ちゃったのである。つづく。

おずおずと犬猫親し秋深し

連載中なのだった。もういっそ、タイトルの「ショローの女」を「猫とクレイマーとショローの女」に改題し（はい、谷崎潤一郎リスペクトです）、猫エッセイにしてしまおうと編集Kさんに提案したが止められた。でもやっぱり、猫エッセイになってしまうのを止められない。

そうなのだ、猫が来て十日目、あたしはすごいものを見ちゃったのだった。

十日目になるまで、クレイマーはあんまりしあわせそうに見えなかった。猫のお母さんに出合い頭の一撃で殴られてからというもの、それまで追いかける対象でしかなかった猫にも心があり、攻撃心もあり、その爪はとても痛いということを学んだ。そしたらそれらが家の中に住み着き、それればかりか、おかーさんが保護的な態度を取ってるじゃないかということもわかってきた。かしこい犬なのだ。それでなるたけ目を合わせないようにひっそりと暮らそうとしていたが、猫たちは自由に生き、好きなところで眠り、好きなところを歩き、クレイマーの場所へもノシてきたのだった。

なるたけ目を合わせないようにひっそりというのは、もともとクレイマーはひっそりしてる方だったから、猫のせいなのか、通常どおりなのか、よくわからなかった。そしてまたあたしの方も、今までに、犬とか子どもとかがいるところに新しい犬とか子どもとかが来るというのを何回も経験している。いつでも基本は「上の子を甘やかす」だったから、クレイマーおいでクレイマーいい子といつもより猫なで声を出してかまっていたのだった。

そしたら十日目のその日、仔猫たちはあたしのベッドの上、つまりいつもクレイマーが寝ているところにいた。そしてそこにクレイマーが、迷子の迷子の仔猫ちゃんを犬のおまわりさんが迎えにきまちたよという風情で立って仔猫たちを見下ろし、その瞬間、あたしは今まで聞いたことのない声を聞いた。

誰が発しているのかわからなかった。猫のようで、猫じゃなかった。あれあれ、それじゃ誰がと思ってよく見ると（この一連のことがらは、ほんの一秒くらいの間に起こっている）、声を出しているのはクレイマー。

猫のような声。犬が「にゃーにゃー」と言ったらこうなるだろうというような声。仔猫たちの声にも、あたしが猫なで声でクレイマーに話しかけるときの声にも、似ている声だった。

クレイマーは、にゃーにゃー（日本語でうまく書き切れないけど、いちおうそういうことにしておく）言いながらティラーをみつめていた。そしてティラーに鼻を近づけ、鼻をしゃくりあげ、誘うような動きをした。そしてその間ずっとクレイマーのしっぽは大きく揺すられ、ということはクレイマー、マジでティラーを遊びに誘っていたのだった。

おいちゃん遊んでくれるの？　てな感じでティラーもからだを動かしたが、数秒で、二匹の遊びモードは普通モードに切り替わってしまった。その後もそんなのを数回見た。いつも相手はティラーだった。

一緒に飼われている犬と猫が追いかけっこをするとか重なりあってごろごろするとか、よく聞くけど、そこまでには至ってない。まだそこまでは遊ばない。

数日後、あたしはまたおもしろいものを見た。クレイマーとティラーがくっついて寝ていた。ティラーの小さな手が、まるでクレイマーの巨体を支えているようにぴったりとクレイマーにくっついて、くっつけられたクレイマーも嫌がらずにそのまま寝ていた。

実は、クレイマーとぴったりとくっついてぐーぐー寝る、寝させてもらうというのは、かなり難しい。クレイマーはなかなかさせてくれない。

おお、ティラー、すごい、くっつかせてもらってると思ってあたしは写真を撮った。そしてその後もくっつく二匹を何度も見た。寝ているところも見たし、ティラーがわざとクレイマーのしっぽを踏んで走っていくところも見た。外から帰ってきたクレイマーが、走ってきたティラーの鼻先にちょいと鼻をくっつけるのも見た。そのうちにメイも、クレイマーの近くに平然と寝るようになった。

この猫たち、実に無防備に寝る。前に飼っていた猫たちはこんな寝方はしなかった。なにしろ両手をあげて、仰向けになって、脱力しきって寝るのである。その隣にクレイマーが、いつあたしが動いてもいいように待機姿勢を取って寝ている。

クレイマーといえども肉食獣、しかもこの間まで、ほんとは今でも、外で猫を見かけたら目の色を変えて追いかける習性がある。何十匹も追いかけるうちに、一匹くらいはとろい猫がいて、つかまえてむしゃむしゃということがないとは限らない。そんな肉食の捕食者の横で、人間でいえば小学生くらいの少年猫が、無防備に、ぽんぽんを（と言いたくなる）出して熟睡している。

しかし猫だって肉食獣、ある意味で狼なんかよりもっと個々の身体能力は高いかもしれない。その証拠に仔猫たちは台所から仕事部屋に使いざらしのスポンジをくわえてくる。戻しても戻してもやる。そしてスポンジをなぶり殺しにする。

そうかと思うと突然木登り欲求が抑えられなくなったと言わんばかりにモンステラの葉の十号鉢に飛びつき、ヘゴに爪をたてながらてっぺんまで駆け上がりモンステラの葉に飛び乗って揺らし揺らす。どこかからもう一匹がテレポートしてきて、二匹いっしょに気の毒な葉を揺らし揺らす。それをクレイマーが、逮捕も補導もせずに、ひっそりと、穏やかに、見つめているのだった。

一人またひとりと消えて冬日向

こないだ夕方の散歩で歩き始めたとき、ふと携帯で時間を確認して、ショートメッセージが入ってるのに気がついた。

今はいろんな手段で人と連絡を取ってるからもうごちゃごちゃ。LINEは学生たちと日本の友人たち、メールは仕事関係と学生たちの課題提出用、WhatsAppは娘たちとアメリカの友人だ。そしてメッセージで連絡してくるのは、今はねこちゃんと、あたしの住む集合住宅の住人Eさんだけなのだった。

Eさんは一人暮らしの八十代、この集合住宅の長老みたいな存在で、あたしも何かにつけ頼りにしていて、留守にするときには植物の世話を頼み、Eさんからは遠くの店へ買い物を頼まれ、お礼に煮物などいただき……というつきあいをしていた。もらい物があると母に持っていったみたいにEさんちに届けるから、クレイマーも「Eさんちにいくよ」と言うとついてくる。その結果Eさんに「あんた（クレイマーのこと）は金魚のふんみたいやねー」などと言われている。

メッセージには、同じく住人のMさんが亡くなったと書いてあった。入院しているのは知っていたし、Eさんと並ぶ長老だったから気にかかってもいたが、まさか亡くなるとは思ってなかった。それでEさんに電話をしたがつながらない。お通夜は六時からで、そのときすでに六時だったので、Eさんもお通夜の斎場にいるものと思われた。それでももう一人の住人、こっちも親しくてふだんからよく飲んだりしゃべったりしているM2さんにLINEをしたら、すぐに返事が返ってきて、斎場に着いたところだと言う。あたしはいくつも質問をした。斎場の駐車場はどこか。何を着ていけばいいのか。お香典を包むのか。お香典はいくらか。そのお金を包む袋はどこで売っているのか。自分の物知らずが身に沁みた。ともかく急いで家に帰り、ぼろぼろのTシャツを襟のついた黒シャツに着替え、途中コンビニに寄って香典袋を調達し、斎場にかけつけたのだった。

今どきはもっとバーチャルに執り行うのかと思ったらそうではなく、椅子の間隔があいている以外はわりとふつうの式次第だった。今どきのお通夜は昔のお通夜よりももっとお葬式みたいだった。これはあたしも思ったし、Eさんもそう言ったから、そうなんだろうと思う。

M2さんは仕事帰りの普段着で、M2奥さんはそれなりの黒服で、他の住人たちも黒服で、あたしは、ぴしっと黒服のEさんに「ちゃんと着替えてきたのはえらかったが、ハダシだったのが減点やね。まあ、あそこで靴を脱ぐとは想像してなかったから仕方ないけど」と採点された。

集合住宅は、まるで生き物のようだとこの頃思う。買ったときは若かった。そしてどんどん老いていった。

ここはコーポラティブ住宅で、三十年前に十六戸で土地を買うところから話し合いを重ねて作ったのだった。

三十年前はみんな若かった。子どものいる家が多くて、子どもたちはよく遊び、お互いの家を行き来した。みんな若くてお金がなかったから、いろんなものを切り詰めた。たとえば、エレベータ。あの頃は、みんな階段をさくさくのぼっていたのだった。

月日が経ち、子どもは育ち、出て行った子もいる。ときどき帰ってくる子もいる（みんなもういいおとなだ）。そしてもともとの住人たちはどんどん年取ってきた。

ここ数か月、住民会議の話題はエレベータだった。設置するか、しないか。あればもちろんいいなとみんなが思ってはいるのだが、お金がかかる。みんな老いて余裕がない。多分無理だろう。

なんで建てるときに考えなかったかと思わないでもないが、あの頃はみんな若くて、みんな目先の金の工面に苦労しており、身体の不自由はぜんぜんなかった。あたしだって自分が昔の母みたいに、ズボンをはくときによろよろし、背中がぎくー腰がみしーなんてことになるとは思っていなかった。

足腰の悪かった夫を看取ったことを考えると、四階建ての集合住宅にエレベータは絶対必要とあたしは思うが、先立つものがない。階段をのぼれなくなったら老人ホームに入るという人もいる。あたしだって十年後はどんな不自由を抱えて、どこに住んでいるだろうかと考えるのだった。

きのうは総出のお掃除日で、みんなでエントランスの木のデッキを剝がして洗ってペンキを塗り直した。重労働だった。そしてあたしは（いつもそうなんだが）寝坊して出遅れた。数年に一ぺんずつやっているけど、今年がもう最後かも、いちばん若い人が六十だものねーとだれかが言った。終わってから、Mさんをしのぶ飲み会があった。いい隣人だった。みんなに好かれていた。

ここは楽だ。コーポラティブ住宅がみんなこうなのか知らないが、ここはムラ社会みたいに親密なのに、他人のことには踏み込まない関わらない現代性をみんなが持っている。それであたしがあたしでいられるのだった。熊本に帰ってきたのは、他の理由もあるけど、このコミュニティの居心地がよかったからということもある。

意見の食い違いはある。たとえば、数か月前のお掃除日、Mさんの主導で、あたしの家の外側に這わせていたツタが刈り取られた。

あたしはカズラになる植物が好きだ。園芸種のツタやジャスミンなんかじゃ物足りない。テイカカズラやカラスウリやカナムグラ、それからクズやヤブガラシ、そんなものに家が包まれていたらどんなにいいか。

でも他の人たち（たとえばMさん、でも他の人たちもそうだ）は、もっと整然とした外観の家に住みたいと思っているわけで、前にも何度か刈られたことがある。今回も、外壁は共有部分だからとMさんに言われて、道理なので、納得せざるをえなかった。あーあと思ったけど、ツタはまた伸びる。あたしは潔くあきらめた。そして今、あれでよかった、Mさんの好きなようにしてもらってよかったと思っている。外壁のツタと建物の外観に関しては、Mさんは心置きなく逝かれたと思う。

霜の夜はひとりもの食ひもの思ひ

あたしはこの頃人の手で作られたものに飢えているような気がする。人の手で作られて人が味をつけたもの。人が皮をむき、人が骨をはずし、人が切ったりすりつぶしたり煮たり焼いたりして作ったもの。あたしは昔、そういうものを食べていたが、この頃はぜんぜん食べていない。そんな気がする。

その食べてたのがいつだったか思い出そうとするのだが、もう記憶が遠くなっちゃってなかなか思い出せない。

カリフォルニアにいた頃は食べていたような気がする。日本に帰ってきてからも、コロナ前は食べていたが、コロナ後は食べていないような気がする。

いやコロナ前だって、早稲田と熊本の間を通い詰めていた頃はコンビニ食だった。ねこちゃんの家に帰ると、ねこちゃんの手が作ったごはんが待っていたが、忙しいときは帰らずに研究室で寝袋で寝た。そんなときはコンビニ食か、学生を誘ってサイゼリヤだった。

カタツムリもほかほかのパンも百円のワインも、最初はほんとうにおいしいと思っていたのだが、そのうち飽きた。

コンビニのおにぎりもサンドイッチもサラダもゆで卵もサラダチキンも、味に飽き、匂いに飽き、添加物に飽き、それから何より、食べるものがすべて機械で作られていることにとことん飽きた。とことん飽きた頃にコロナ禍が来て、東京に行かなくなり、ねこちゃんのごはんも食べなくなり、熊本で自炊をするようになった。

料理は夫が死んだときにやめた。自分で自分のために煮炊きすることは、あたしにとっては料理じゃなかった。だから今しかたなしにやっている自炊も料理じゃない。適当に買ってきた野菜や何かを食べられるようにするだけだ。

同じ食材しか買わない。だから、ずっと同じものを食べている。

作ったものは皿に入れるのも面倒くさく、すわって食べるのも面倒くさい。

それで何もかもいっしょくたに盛って、仕事場のコンピュータの前で、コンピュータをみつめながら食べる。

昔、七〇年代、『木枯し紋次郎』という時代劇のテレビドラマが人気だった。紋次郎の食べ方がものすごくて、出されたものを、焼き魚も漬物も味噌汁も、ぜんぶ飯どんぶりの中にぶっこんでかっこんでいたもんだ。紋次郎、極貧の家に生まれ、間引かれ損ないとして育ち、早く親と別れてしつけも何もあったもんじゃなく、やくざ渡世に身を染めて切ったはったのその日暮らし……という設定だったのだ。自分の食事のたびに、あれを思い出す。

食べるのが面倒くさい。わびしくてたまらない。

たとえば、自炊する学生たち。かれらが気がついているのかどうか。これはあたしたち、昔は家庭を持っていた記憶があり、昔、人に食べさせる料理をさんざんやった末に、今一人暮らしして孤食するあたしたちだから気がつくことなんじゃあるまいか。

ねこちゃんもそうだ。ご近所のEさんもそうだ。かれらはこまめに料理をしているようだ。こないだもEさんちに食器を返しに行ったら、『きょうの料理』で見て作ったところだと言って、酢とニンニクの利いたレンコン料理を、返したお皿にまた入れてくれた。枝元なほみがいかにも作りそうな料理だった。

あたしは今年も感謝祭にはアメリカに帰れない。去年は帰るつもりで準備していたら、忙しくなってあきらめた。そもそも十一月の最終木曜日なんて、日本じゃ普通の平日だから、無理なのだ。今年はコロナで、帰ろうとも思わない。

人の手が作ったものを食べたいと思うけど、そうなると外食で、一人の外食ほどあたしの苦手なものはない。人の手がというと、どうしても個人経営のレストランで、そういうところは気後れする。一人でもなんとか入れるレストランは、チェーン店で席が四角くて店員の応対も注文の仕方も機械的というか非人間的で決まりきったところ。そして食べ物は、コンビニに劣らず工業的だ。

それでこの頃、あたしは人の手が恋しくなるとパンを買いに行く。スーパーやコンビニにもパンは売ってるが、違う。そこじゃない。街の小さなパン屋に行く。

だいぶ前に、パン屋さんを探しているというこだわり話を書いた。あの頃は、ただ好みのパンが食べたいという一心だったのだが、それからしばらくしてあたしはついに、そう遠くない場所に、あたし好みのパンを焼くパン屋をみつけた。今はコロナでずっと家にいるから、週に何度もパン屋に行ける。行って買うのは、雑穀入りのパン、オリーブ入りのパン、ライ麦パン。塩バターパン。クロワッサン。そしてクリームパン（そこのはマジで絶品）。一つ一つていねいに冷凍して数日かけて食べつくす。こないだ遅まきながら気がついたのだった。パン屋さんがあたしの生活の中心になっているその理由。

小さなお店の奥には何人も人がいて、人の手が、小麦粉をこねて（機械の助けを借りてるだろうけど）、人の手がまるめて天板にのせて、人の手が、熱いやつをオーブンから取り出す。そしてなじみの顔がにこにこしながらそれを包んで手渡してくれる。

今のあたしの生活環境の食生活では、こうやって街の小さなパン屋さんに行くのが、いちばん手っ取り早く、人の手が（食べる人のことを考えながら）作ったものをゲットできるっていうことなのだった。

ひそかなる衰への音玉霰《たまあられ》

寂しい話をしよう。疲れ果てて、すっかり動けなくなり、何もやる気がなくなったとき、あたしは、オンラインで生協のカタログを見直す。

注文はとっくに書き込んである。いつも疲れ果てているから、ひんぱんに見直して、注文を書き加えたり消したりする。みんな生活の基本のものばかりだ。

生協で毎週注文するのは、阿蘇山麓の低温殺菌牛乳を一本、球磨酪農のくまさん牛乳を一本。この牛乳が買いたくて生協に入っている。最近は低温殺菌牛乳でケフィアを作る。

それから産直卵を六個に鹿児島産黒豚のあらびきウインナー。

ときどきレンジでチンのメンチカツ。

同じものばかり注文している。

生協はコロナ禍のあと再加入した。以前は受け取りに行けないのが続いてやめてしまったのだった。グループで受け取って仕分けする昔ながらのシステムで、前にも話したようにうちの集合住宅は仲の良いコミュニティだから、いないときでもみんなが快くやってくれる。全然気にしなくていいと言われるが、やっぱり毎週出られないのは気が重かった。コロナになってから、うちにずっといる。それで毎週受け取りに行ける。

この頃はお取り寄せのお菓子のページを丹念に見る。北海道のチョコレートや佐賀の和菓子といったものが買える。この間は東京ばな奈を買った。どこにも行かないとそういうものがなつかしくなる。

最近は食べ物以外のカタログも見る。するとときどき、おっと思うものに出会う。

この間、包丁研ぎの小さいのを買った。

何年も研いでなくて、鈍くなりすぎてトマトも切れなくなった包丁で、クレイマーと自分の食べるものを作っていたのだ。

それから、びんを開ける器具を買った。

握力が弱くなっていて、あたしはびんのふたが開けられない。

温めるとかふたの周囲をナイフでコンコンと叩くとか。以前はそんなことをやってぐっとひねれば、たいてい開いた。ところがこの頃、そのぐっにどうも力が入らない。

そういえば父が同じことを言っていた。父はあの頃八十代。今、あたしは六十代。

父の握力の減退ももしかしたら六十代の頃から始まっていたかもしれないなあなどと考えていたら、生協のカタログに見つけたのが、まさにふたを開けるためのサポート器具。

注文してみたら、円型に筋のついたゴム製の円盤のようなものだった。ところがこれでびんのふたがすいすい開く。

父もこれを持っていた。当時あたしには何のための器具かわからなくて、そこらに出してあったのを戸棚にしまったら、父が狼狽して「ここにあったアレ、アレは大切なんだ、アレがないとオレは生きていけないんだ」と言うのだった。はいはいと元のところに戻したが、まさにアレがコレであった。

それから、びんやプラスチックのボトルのふたを捨てるときに残るプラスチックの部分。アレを取る器具も買った。栓抜きみたいにひっかけて、くいっと、ボトルの口のプラスチック部分を一気に抜き取る。

あたしも漢《おんな》のはしくれ、リサイクルには熱心だ。それでガラス容器に入った何かを一びん使い切るたびに、プラスチック製のふたをきっちりと取り、それはプラごみ、びんはびんかんの日と分別したい。ところが、それがなかなか取れない。

握力がないからひっぱれない。ナイフをさしこんで、てこの原理を使ってとやってみたこともあったが、つるっとすべってぐさっといってたいへん危なかった。歯でかみついてひっぱったこともあるが、歯もだいぶ緩《ゆる》んできているから、リサイクルのために歯をなくしかねないと思った。

いったい世間の人々はどうやってリサイクルをしているんだろう、年寄りにこんな危険なことを要求するのか、と何度も考えた。

年寄りなのだった。

今は台所の目立つところにその二つの器具は置いてある。在りし日の父と同じだ。父の家から持ってきたタイマーもそこにあり、煮物もレンチンもお風呂を入れるときも必ずかける。忘れて、焦がして、あふれさせたことが何度もあって使うようになった。それで父の家にあった理由がよくわかった。

今欲しいのは、これは生協では売ってないけれどもIH式のレンジだ。鍋を焦がすのはいつものことだが、うっかりフキンを燃やすということが一度ならずあった。普通フキンは燃やさない。でもうちの台所ではたびたび燃えて、そのたびにあわてて消した。せめてIHならばとあたしは思う。

せめてIHならばと、母がぼうっとし始めて、同じしょうゆ、同じマーガリン、同じ下地クリームをいくつもいくつも買い込んで貯め込み始めた頃、父が何度も言っていた。母も台所でフキンを燃やしたんだと思う。

IHを取り付けたら、その次にあたしはお風呂とトイレの周りに手すりをつけようと考えるんだろう。それに慣れた頃には、つっかい棒を立てようと考えるかもしれない。つっかい棒、父の家の、父の定位置だったテレビの前から台所へ行くルートの間に、どおんと立ててあった。パーキンソン病の父がうまくそれに頼りながら動いていくのを見て、お父さんもう一本立てようかと提案したら、「一本でいい、森の中に住んでんじゃないんだから」と言われて大笑いした。そんな思い出がある。

秋惜しむタイとヒラメとちゅーるかな

猫は二匹で、そっくりで、灰色のがメイ、茶色のがテイラー。でも性格は違う。まあ当然だ。カノコとサラ子だって顔も体形もそっくりでよく双子に間違えられたが、性格は新生児のときからぜんぜん違った。

メイは知性派で、キャリーに閉じ込めても開けて出てくるし、うちの玄関先にはお風呂のフタが（猫よけに）立ててあるが、それも隙間を見つけてすり抜けてくる。仕事中にちょくちょく膝に飛び乗ってくるが、手荒な遊びは好きではない。あたしが彼の望むおだやかななでさすり以外のことをし始めると、さっと遠ざかる。あたしは猫と手荒なことをして遊ぶのが大好きなのだ。

テイラーはハンターで、猫じゃらしを執拗に追いかけ、飛び上がり、つかんだら絶対に離さない。そして他者に興味がある。まずクレイマーに馴れたのはこの子だった。あそべあそべとからんでくるのもこの子で、揉んだり投げたり逆さに吊ったりしてやると、うれしがって爪を立てて抗戦してくる。

最初に会ったとき、他の仔猫たちが寄ってきたのに、離れたところからじっとあたしを見つめていたのがこの子だった。ずっと見ていたその丸い目に、あたしのハートがどぎゅんと射貫かれたのだった。

というこことで、メイに対するのとティラーに対するのとは、けっこう熱量が違うというのもおわかりと思います。こういう気持ちは初めてだ。ニコはニコだし、クレイマーはクレイマーだった。カノコはカノコで、サラ子はサラ子、トメはトメだ。区別しちゃいかんと思いつつ、あたしももう六十五だしー、相手は猫だしー、そんな平等意識なんてもういいじゃんなどとへんな理屈つけて、ティラーが「あそべあそべ」とやってくると、心がきゅんと締まる（恋かしら）。

ところが先日、ティラーがゴハンを食べなくなった。

十二月の半ば、いきなり寒くなった頃で、あたしは植物の世話に追われていた。低温にやられないように、場所を動かしたり、外の鉢を中に入れたりしていた。ところが、ふと気がついたらティラーが動かない。ゴハンも食べない。あそべあそべもしない。ただヒーターの前で丸くなっている。

これは異様だ。

直前まで食べすぎて困っていた。

去勢したとき、ホルモンバランスが崩れるので、えさの量に気をつけてくださいねと獣医さんで言われた。それで毎朝きっちり量《はか》った。二匹でドライフードを百グラム。

小さい缶づめ一缶。少なかったようだ。あたしが台所に立つや、二匹が目の前にテレポートしてくるのだった。そのたびに積み上げた本の山や書類の山がくずれた。あたしが何か食べ始めるや、至近距離にテレポートしてきて口を開けるので、自分が食べられてしまうかと思った。あんまりすごいので獣医さんに相談したら、「人間でいったら中学生の男の子くらいの育ち盛りだから、もう少し食べさせていいですよ」と言われた。

それで量を増やし、猫たちは喜んだはずなのに、数日後ティラーが食べなくなった。ネットで調べてみた。すると「一日食べなかったら動物病院へ」などと書いてある。ティラーは四、五日食べずにいた。

猫を飼う友人たちに聞いてみた。「大丈夫とは思うが、いちおう獣医に」とみんなが言う。しかしそのときあたしは忙しかった。そしてかかりつけの獣医は遠かった。

それであたしは、ベビーフードみたいに繊細にうらごしされた猫おやつや、フリーズドライの鶏肉や、外はカリカリ中はとろとろの高級ドライフードや、パウチ入りのタイやヒラメのゼリー寄せ等、高級グルメな猫用食をいろいろ取りそろえてやってみた。

それでも食べないのだった。ティラーを抱き上げて、死んじゃうのかなあと考えながら心なしショボついた顔をなでたが、ティラーはあそべあそべと言わなかった。

昔、家族でポーランドに住んでいたとき、外で拾って飼い始めた仔猫が、数日後の真夜中、あたしたちのベッドの中で死んでしまった。カノコにチャットで、「昔、寝てる間に仔猫が死んじゃったのよね」と言ったら、五歳だったカノコがそのことを覚えていたのに驚いた。「ポンちゃん」と名前まで覚えていたのにも驚いた（あたしは忘れていた）。

「ポンちゃんは小さかったし、初めから病気だったんだよ。お母さんの猫はもう大きいから、そうかんたんに死なないよ」

そうかなあと一瞬は思いながら、それでも朝起きたら、この体が硬く冷たくなってるかもしれないと考えた。ポンちゃんを飼ってたあの頃に比べるといろんな経験を積んで、生き物が死ぬこと、死んだ肉体のこと、ありありと想像できる自分に驚いた。

テイラー、最初から特別な絆を感じていたがもうお別れか。残ったメイとクレイマーでうまくやっていけるだろうか。そんなことを悲愴に考えながらあたしは寝入って、目が覚めたら、まだテイラーは生きていた。

その日は日曜で獣医はお休み、明日の月曜日には絶対連れて行くと思っていた。

日曜の夜、テイラーが、外はカリカリ中はとろとろのグルメフードを食べるのを見た。しばらくしたらペースト状の猫おやつをなめるのも見た。猫トイレにはうんちもしてあった。それであたしは、もう、もう、食べてくれさえすれば、高級タイやヒラメでもうらごしグルメのバナナでもフォアグラでも、なんでも買ったる！　という気分になったのだったたった。

後日譚がありまして。

愛なんて移ろいやすいもの。数か月経った今、メイも、テイラーと同じくらい好きなのだ。ベッドでうつらうつらしているとき、メイがひっそりやってきてぴったりと体をくっつけてまったりと丸くなる。その暖かみと優しみ。テイラーにはないこの感じがありがたくてたまらない。

このテイラーの病気の数か月後、また同様の症状が、こんどはテイラーだけじゃなくメイにも出たのだった。ふたりでげえげえやって、最初は中身を吐いていたが、最後には猫草ばかりで、ふたりとも力無くしーんとうずくまっているのだった。そしてあたしはそのとき、うちの植物の中でもいちばん猛毒のユーフォルビア鉢がかき回されているのを見つけた。そしてモンステラ鉢に指をぽすっとつっこんだ（乾き具合を見るため）ところ、やわらかい猫のうんちに、そのままずぶっと指をつっこんだのであった（ふつうはやわらかくないので、さし迫っていたのかも）。そして調べてみると、どの鉢もどの鉢もひっかきまわされ、おしっこされている。娘に報告したら、「毒のある植物は人にあげちゃった方がいいよ」と言われ、思わず「いやだ、大切に育ててきたユーフォルビアやモンステラなんだから」と言ったら、「それ、おかしい、ぜったい」と言われた（ぜんぶチャットです）。娘たちによると、猫と植物なら猫の方を優先すべきなんだそうだ。猫を飼うなら植物はあきらめた方がいいんだそうだ。植物なしではあたしはあたしと言えないじゃないかとあたしはうろたえ、でも猫たちを手放すのも考えられず、とにかく猫よけの「ここダメシート」というのを買ってきてあらゆる鉢に装着し、割り箸を痛々しく割ったやつを差し込んで止めた。水やり枯れ葉取りをするときには猫たちを別室に入れて「ぜったい見せない」を以前にもまして心がけている。必死で共生をはかっているのだが。

学生と口をぽつかり冬の雨

早稲田の最後の授業がきのう終わった。

三年間、長かったような短かったような。ものすごく濃かったような。

今は虚脱している。締切りもあるし、クレイマーの散歩もあるから、虚脱していられないのだが、それでもなんだか立ち上がる気にもなれない。家の中はここ数週間荒れ果てたままで、台所もごちゃごちゃ、トイレも猫トイレの猫砂だらけ、植物は枯れ葉だらけ、猫たちが来てから床の上に物がいろいろある（おもちゃのねずみとかその一部とか、紙袋や段ボール箱とか）、それでなかなかモー（ロボット掃除機）がかけられないのだ。

最後の大教室（三百人前後）の授業はあっけなかった。チャット欄に学生たちが「ありがとうございました」と投げてくれたが、それなら毎週やってくれてる。特別な感じはぜんぜんなかった。対面式の授業だったとき、学期最後の授業には毎回拍手がわいた。みんながあたしをみつめていた。今回は「じゃ、またね」と言ってボタンを押したら、Zoom が閉じて、みんな消えた。

最後の演習（詩や小説を書く創作の授業）が終わった夜、オンラインで飲み会をした。演習は四十人くらいで、ふだんから小さな班に分かれて合評をし、LINEをし、お互いがお互いをよく知っている。そういう子たちが二十数人あつまってきた。

オンラインで飲み会やって楽しいのかと思う人、侮《あなど》るなかれ、あたしたちはすでにノンアルでけっこう酔える体質になっている。場はバーチャルでも、飲んでるのはほんとの酒だから、ちゃんと酔っぱらって、楽しくしゃべり、飲み会ってこういうものだったなと思い出すような時間を過ごせる。

とは言え、長時間若い人たちと若いふりをしてしゃべるのは大変疲れた。でもとってもおもしろかった。今聞いてる音楽の話をしたが、みんなの聞いてる音楽が呪文みたいでぜんぜんわからない。読んでる漫画も（そもそも漫画を読まないという子が多くて驚くが）『鬼滅』くらいしか知らない。

この感じだ。おもしろい、とってもおもしろい、めっちゃ疲れるけどおもしろいという思いを、ここ三年間、ずっと味わいつづけてきたのだった。

三年間、教師と詩人の二足のわらじで、締切りは前と同じくらい抱えていた。あたしがコンピュータに向かって自分の仕事を始めようとすると、学生の書く詩や小説が、チン！　チン！　チン！　チン！　と、ガラスの割れるような着信音で飛び込んでくるのだった。集中なんてできなかった。

今だから告白する。あたしは一度、授業を切った（学生用語で『サボる』こと）。そのとき締切りがどうしても終わらなくて、あたしはせっぱ詰まっていた上に寝不足だった。それでとうとう覚悟して、大学の事務所に電話して、「ごほごほごほ風邪ひいちゃってごほごほごほ……」と電話口で演技して、「休講ですね、おだいじに」と言われたのだった。背に腹は代えられなかった。

今、終わってみて、正直に言う。とても寂しい。あのとき休んだ一日を取り戻したいと思ったくらい。一生ああいう生活を、仕事に集中できず、読んでも読んでも読み終わらない量の学生の課題や詩や小説を読んで返信に悩む生活を一生つづけてもいいかもと思ったくらい。

ある意味、娘たちが家を離れたその時より寂しいが、これは数が違うからしかたない。娘はたった三人で、こっちは数十人、大教室も入れれば数百人だ。

数十人から数百人の子どもたちが口を開けて、コロナの不安に押しつぶされそうになって、せんせえせんせえと（鳥のヒナみたいに、でも声を出さずに）泣いていた。メールを寄越すとき、ひらがなの「せんせい」だの「ひろみ先生」だのと書いてくる子が多かった。他の先生たちは大人らしく漢字の姓で呼ばれているのにどういうことだ。せんせい以上で先生未満だったのかもしれない。一度だけ男子学生にウッカリ「おかあさん」と言われたことがある。その子はめっちゃ恥ずかしがっていた。

この間、学生が一人消えた。LINEをしてもメールをしても電話をしても連絡がつかなくなった。心配した。

あたしは、夜、人の声が聞きたくなると、NetflixやAmazon Primeでドラマをつけっ放しにしておくのだが、そのとき画面から『アウトランダー』というタイムトリップ物のナレーションが流れた。

People disappear all the time.

人はほんとによく消える。

ぞうっとしたあたしは、とうとう別の学生に、いなくなった学生の下宿までようすを見に行ってもらうことにした。万が一死骸になってたらトラウマだなあと思ったから、一人で行かずにだれか誘って二人で行ってねとLINEで指示を出しながら、この子たちはものを書くんだから、書く物に還元してくれるだろうとマジで考えていた。

消えた学生は死骸になってなかった。生きていた。「もう大丈夫です。本気で落ちていました」と連絡が来て、あたしはほんとに、ほんとに、ほっとした。

この子だけじゃないのだった。学生たちはもう何人もこんなふうにいなくなった。まるで雄猫がふらっと出て行ったまま還《かえ》ってこないようにいなくなる。昔の若者がふらっと戦《いくさ》に行って（たぶん討ち死にして）還ってこないようにいなくなる。そういう学生を、いなくなってもしかたがないという距離感で、三年間見守ってきたのだった。

春憂ひならばどしどし詩を書きな

寂聴先生が「小説を書きなさい」とおっしゃる。問題を抱えた人との対談でお約束のように「小説を書きなさい」とおっしゃる。あたしも言われた。あたしはそれを「詩」に置き換えたい。何かあったら、とりあえず詩を書こう、と。それがあたしの早稲田の三年間の結論かもしれない。

早稲田を始める前には、詩なんて教えられないと思っていた。実はあたしも七〇年代に「日本文学学校」というところに行って詩のクラスで「教えられ」ながら詩を書き始めたのだが、生意気な若い女だったあたしは、教えられたのではなく、きっかけを作ってもらっただけだと思っていた。自分がどう書いてきたかということを考えても、どうもうまく説明できないので、詩は教えられるものではないと思っていたのだった。

ところが昨今、アメリカやヨーロッパの大学で、詩は教え教わるものになっていて、友人知人の詩人たちにも大学で詩を教えている人が多いのだ。聞いてるとなかなかおもしろそうで、ペン習字じゃないんだから大切なところは伝えられないんでは？と思いつつ、三年前に早稲田から話が来たとき、尻込みする気はまったくなかった（日本に帰ることについては少々尻込みした）。

今あたしは心から思っている。詩は教えられる。もちろん本人の素質は必要だ。努力してもできない人もいる。努力以前に、やわらかい筋肉や二重関節や（何の話だ？）体質的に恵まれている人もいる。

そして詩も、そうだと思う。日本語のセンスや言葉のリズム感。そんな素質をある程度持っている上で、日本語に関心があって熱心に取り組んでいれば、ぐんぐんうまくなる。そんな学生を何人も見てきた。

詩の演習教室はすごい熱気で、コロナで閉塞した中で、押しつぶされそうになってる若い人たちが何十人も集まって、何の役にも立たない、仕事にも金にもならない、詩というものについて、必死に考えているのだった。

教えるというより、ほぼ「きっかけを作る」だけというのがあたしの授業である。

放っといても書ける子は放ってある。うまい子は、あたしから「うまいっ」としか言われずに学期が終わる。それで『鬼滅』の煉獄さんが「うまい！」と言ってるLINEスタンプが大活躍している。

まだ書けない子には長く書けと指示する。どんどん長く書いて、オチなんかつけず、まとめずに、どんどん言葉を出していく。

そのうちに無意識があらわれてくる。書こうと意図していなかった言葉が出てきたら、それが無意識だから、そこまでを捨てて、そこからあらためて始める。

初心者がよくやるのが「ああ、何々よ」とか「おお」とか。恥ずかしいから即刻やめさせる。「〜かな」「〜したいなあ」も小学生っぽくなるので使わせない。

愛とか正義とか真実とか、大仰な言葉も使わせない。そんなのを使わずにそういうことを書くのが詩人のウデだ。

オノマトペは不用意に使うとダサいだけだから、うまくなるまで封印する。海辺で貝を踏んで歩くときの感触を「パチパチ」と表現した学生がいたが（書き慣れた上級生だ）、他の学生たちからため息が洩れていた。

推敲するうちに自分と向き合う……はずなんだが、推敲のしすぎで詩がぐだぐだになってたり、締まりがないようなときには、字数行数で縛りを入れてみる。「3／4に短く」や「13×13で書いてみて」などと指示すると、悩むうちに日本語が研ぎ澄まされ、余分なところはそぎ落とされてくる。

詩を書くというのは、夢を見るようなものだと思う。昔、父が死んだ後、あたしはずっと、なぜ（あんなに好きだった）父を捨ててアメリカに行っちゃったんだろうと考えていた。そしたら毎晩、夢を見た。

夢だから荒唐無稽だったし、毎晩違う夢ではあったけど、なんとなく何かがつながっているのがわかった。なぜ父を捨ててアメリカに行っちゃったんだろうと、夢を見ながら考えているのがわかった。そして、あるとき理解したのだ。「なぜ捨てたのか」。理由があった。心のど真ん中で固まって、なかなかほどけない理由だった。

詩を書くというのは、眠らないでそういうところにたどり着く作業だと思う。自分が今の今、直面していることを書く。自分の抱えている問題。自分が見ているもの。自分相手にわからせるように書かなくていい。わからないところは読者が想像してくれる。小説やエッセイと違って、詩は自由だ。

あたしはこうやって詩を書いてきたのだった。体。心。セックス。母。他人。そして自分。おとなになってから書いたのは、子を産むこと、育てること。自分を見失ったこと、家族が死んでいくこと。そして自分。

わからないこと怖いことを一切合切詩の中に落とし込んで、少しずつ先に進んでいったんだと思う。あたしはそれを学生たちに勧めていたのだった。学生たちはそれを忠実にくり返し、前に進んでいったのだった。

おすすめします。比呂美式人生の難問解決法。あたしは詩のプロだから、詩の上での技巧は凝らしたけれども、プロじゃない読者のみなさんには、もっとまっすぐな書き方がある。そしてそれはプロが詩を書く書き方より、もっと、夢を見ることに近い。

書いたら送って。読みますよー。宛先は、ひろみの詩の教室@婦人公論。

そのまんま春風となれ体重計

この間人間ドックをやった。

早稲田に入るときにやれと言われていたやつで、何回か「やってませんよ」という注意がメールで来て、そのたびにやりますやりますと返しながら、あんまり忙しくて放ったらかしにしてあったのだった。

費用は大学が払ってくれる。ああ、勤め人ってなんて楽なんだろう。そしてフリーランスの物書きという仕事はなんて不安だらけで保護されてなかったんだろう、そしてまたそういう不安だらけの生活に戻る。

どうせならと考え、「もうすぐ退職ですけどできますか」と問い合わせたら、「退職するまでできます」ということで、ついに近所の病院でやってみたのだった。

あたしは糖尿病だから、三か月に一ぺんずつ検査に行くことになっている。アメリカではそうだった。アメリカの医者は予約制で、予約してかかりつけ医に会ってその場で次の予約をした。でも日本は予約制じゃない。自分で思い立ち、重たい腰を上げ、混んだ中で待たねばならないから、おっくうで行かなくなってしまった。糖尿病といっても境界線上で、薬を飲まなくてはいけないような、そんな状態ではない。アメリカのかかりつけ医からは「ズンバを止めてはいけません」と三か月ごとに言われていた。つまり彼女はあたしがどういう生活をしているかちゃんと知っていた。日本のかかりつけ医は人間的に扱ってくれないから、そんな会話をすることもない。

今はズンバも止めた。コロナで通勤もなくなった。自分の体なんだから、重たいのもなまっているのも痛いほど感じている。

人間ドックに行かなかった理由は、それもあったと思う。直面するのが怖ろしかった。そしていざ直面したら、その結果はほんとうに怖ろしかった。聞いてください。

数値なんかどうでもいい、数字に弱いあたしは気にならない。いくつかが太字の赤字で書いてあったけど、六十五なんだから、そういうものだろう。怖ろしかったのが、数値の中でクッキリと目立ち、ぱっと目に飛び込んできたひらがなだった。

ひらがなで、「ふとりすぎ」と書いてあったのだったった。

あたしは「やせないとー」と娘たちに泣きながら言いつけた（チャットで）。そしたら娘たちが口々に慰めてくれた。

他に言い方があるよね。おかーさん、アメリカじゃぜんぜん太ってないから。もっと医学的でニュートラルな言い方してもいいよね。「ちょっと肥満ぎみです」とか。「Above average」とか。でもそしたら気にしないから、わざわざきつい言い方してるんじゃない？　あ、そうかも、だから、おかーさん、ものすごくショック受けてるよ。

はい、そのとおり、ショックを受けたあたしは、動かなくなっていた体重計を出してきて（つまり長いこと量っていなかった）新しい電池を入れ、ノートに食べたものをつけ始めた。すると、そんなに食べてないのだ。

そういえば死んだ母も、太っていることをいつも気にしていて「あたしほんとに何も食べてないのよ、何も食べてないのに太るのよ」と言いながら、あたしの買ってった菓子パンを、あたしの目の前で、ばくばく食べていたりしたのだった。

あたしの食生活はもともとそんなに悪くない。健康志向もある。この頃は玄米に凝っていて、赤米や黒米やもちきび雑穀ミックスやワイルドライス（これはあらかじめゆでておく）なんかを入れて、ものすごい形相の雑穀米にしてごわごわと食べている。野菜たっぷりのスープも作り置きしてある。あとは犬用のチキンと納豆とヨーグルト。お気に入りのパン屋で雑穀入りパン、それからクリームパンとチョコレートクロワッサン……おっと、この辺りから綻《ほころ》びが出てくる。

運動は問題である。

今この状態だからジムに行く気がしない。コロナが怖いというより、マスクをして運動するのがいやだ。それなら今みたいにクレイマーと歩いていた方がいい。それで日々精力的に歩いてはいる。

普段は一万三千歩は軽く歩く。ちょっと遠回りしたときは一万五千歩、一万七千歩。しかも山を、標高百五十メートルそこそこだけどいちおう山には違いなく、そこを登ったり下りたりしてるから、息は切れるし汗もかく。けっこう運動していると思うのだが、実は、この頃、歩く速度がちょー遅い。娘たちにも指摘された。「お母さん、昔はもっと早かった」と長女に言われ、次女に言われた。

初めて言われたのは十年以上前だ。十年以上前と言えば、あたしは五十過ぎだった。その頃、娘たちの記憶には四十歳くらいのあたしがいて、パキパキ歩いていて、十歳前後の娘たちはなかなか追いつけなかったんだと思う。それで、パキパキ歩かなくなったあたしといっしょに歩いたとき「え、歩くの遅い」と思ったわけだ。

あれからさらに時間が経って、あたしは今たぶん、かなり遅い。その証拠にクレイマーがいつもじれったそうにしている。

歩ける日々は忙しくない日々で、学期末や締切りでせっぱ詰まってくると、愛犬教室の先生に助けを求める。そしてクレイマーがお泊まりに出かける。そんなある日、ふと見ると、たったの十三歩。

もちろんこれは歩数計代わりの iPhone がずっと机の上に置いてあったからなんだけど、それにしても、十三という数字は、あまりにもショックだった。

近場なら母のコートやダサくてよし

春になると、あちこちに犬の毛だらけのセーターやカーディガンがころがっている。ちょうど家族のいた頃、春になってくると、こたつの中に家族の靴下がたまっているのが気になり始めたのと同じ感じだ。

こたつ。使わなくなってずいぶんになる。この冬は寒いし、猫もいることだし、あったらおもしろいなあと思って検索してみたが、買うというところまではいかなかった。

今年の冬はたしかに寒かった。

こたつを考えたのもそのせいだし、セーターを着たのもそのせいだ。ここ数年、いやもっとかも、あたしは毛とかそういう素材の、もこもこふわふわして暖かい、セーターというものを着てない。

二〇一八年に日本に帰ってきてからの二年間、あたしは熊本と東京の行ったり来たりで、常春のカリフォルニアとは違う寒さだって体感したはずなのに、熊本はもとより温暖で、東京の地下鉄の中は暑くてたまらずコートはいつも脱いで手に持っていたし、授業中のあたしは興奮してしゃべってるからどんどん脱いでとうとうTシャツ一枚になって、「せんせー寒くないんですか」などと学生に言われていたのだった。結局寒かったのは地下鉄から目的地へ歩く間だけで、「寒い寒い寒い」と連呼していればなんとかなった。

実はあたしは変温動物なのだ。いや、そんなわけないんだが、たぶん人より快適温度の幅が狭く、つねに暑すぎたり寒すぎたりしてこまめに着たり脱いだりするから、家族にそう言われる。そしてうるさがられる。かぶって着るタイプのセーターは脱ぎ着が面倒なので着なくなった。

若い頃から薄着だったが、五十代になってホットフラッシュやら何やらでどんどん暑がりになっていき、更年期のまっ最中なんて、冬でも半袖の小学生のような薄着で通してきた。やがて閉経もばっちりしおおせて、もうだいぶ経つ。でも暑がりは更年期のときのまま、高止まりで六十代に突入したわけだ。

ところが今年は何か違う。灯油ストーブを新規購入し、というのも二十年ほど使ったやつが壊れたからだが、新しいのは屋外でも使える強力なやつで、それをいつもつけているようになり、家の中はここ数年なかったくらい暖かくなり、その前に置いたカゴの中で猫が丸くなって寝ているようになった。クレイマーには電気カーペットを出してきた。もう一匹の猫がそこで長々と伸びていた。

今年の冬は寒かった。調べたのだ、あたしが日本に帰ってきてからの冬の気温を。

二〇一八年初冬から二〇二〇年晩冬まで二回の冬は温暖で、零下に下がった夜は数回しかなかった。しかし今年は零下がざらで、零下四度五度という夜も数回あった。コロナで東京に行かなくなり、公共交通機関を使わなくなり、家の中で仕事をしているか山や河原を歩いているかだから、暑いときはくそ暑く、寒いときはくそ寒いのだった。しかも昨夏から、気温が二十九度ぐらいに下がった深夜に散歩する習慣をつけちゃったもんだから、厳寒の頃、零下三度や四度の中、あたしはぶくぶくに着ぶくれて、クレイマーとふたりで闇の中を歩きまわった。

ダウンのコートを一着持っている。十数年前にカリフォルニアで買ったやつだ。ベイエリアは風が強くて寒いのでときどき着たが、あたしの住んでいた南カリフォルニアでは必要なかった。ベルリンやオスロの冬には持っていったけど、カリフォルニア仕様だからやっぱり薄くて、中に厚手のセーターを数枚重ね着して本場の寒さをしのいだ。ダウンはなんとなく密閉感があって、便利だけど好きじゃない。それを今年は熊本でも数回着た。十数年物だから、だいぶ古びてきた。

誰にも会わない深夜の散歩には、ダウンは着ないで母のコートを着た。

母のことだから安物に違いない。でも暖かくて軽くて柔らかくて着心地が良かった。包まれているようだった。着始めた最初のうちは母のニオイがした。体臭みたいな香水みたいな。しだいに消えて、もうあたしのニオイしかしないと思う。母はあたしより背が高くて太っていたから身頃はたっぷりしていて、腰まで隠れて、下にいくらでも重ね着ができた。母も気に入っていたらしく、同じ形のコートが二着ある。それでほんとうに寒い夜には、コートも二着、重ねて着たもんだ。

母がこれを買ったのはいつ頃だろう。八十ちょっとで寝たきりになったから、七十代後半だったと思う。六十五のあたしと世代的にはそんなに違わない。でもそのコートは、母に対する偏見とか先入観とかだけでなく、えんじ色と灰色がまじったような巣鴨的な色合いで、丸めでフェミニンな割烹着型で、どこかがおそろしくババ臭い。だから人前では着たくない。とか言いながら、近所のスーパーには何度もそれで出かけてしまった。そしてふと何かに映る自分の姿を見て、いくらコロナといったってこれではと考えて、冬の終わりになってようやく某ブランドのオンラインの四割引き、二着買ったらさらに二割引きみたいなセールで、コートを（そしてセーターも）買ってみた。新しいのはよく似合うのに、深夜の散歩にはやっぱり母のコートを着る。

コートやセーターや灯油ストーブや猫という暖かいものに包まれて、快適快適と思いつつ、もしかしたらこれは更年期の次の段階、ポスト更年期といいますか、真の初老期に突入して、世間の高齢者がほとんどそうであるように、ただの寒がりになっただけなのかもしれないとも思っている。

春の夜の動植物のぱらいそぞ

ホーダーという言葉がある。犬や猫を飼いすぎて、多頭飼育して飼育崩壊してしまったような人のことをホーダー Hoarder と書く。辞書で引いてみたら、度を越した収集家という意味だそうだ。なんと、それはあたしじゃないか。あたしはホーダーそのものなんじゃないか。うちの状態を見てください。まず植物。「趣味は室内園芸です」どころじゃない。まるで園芸店の店先のようだ。

この頃は昔あった物欲なんてさっぱりなくなったが、植物だけは欲しい。もっと欲しい。猫たちが来てからしなくなったが、以前は数か月に一度園芸店に買い出しに行った。植物は育てるうちに大きくなったり枯れていったりする。だからときどきメンバーというか、鉢を入れ替え買い足すことになる。お店に行って眺め渡すうちに、持ってない植物や、持ってるけどすごくいい状態の株に目が吸い寄せられ、あれもこれもとなり、もはや「買う」じゃなく「連れて帰る」という感じで、車の中を森みたいにしてうちに連れて帰る。そして家の中も森になる。

犬や猫もそうだ。一匹と思ってもらいに行った猫が二匹になって帰ってきたし、犬は今こそ一匹だが、いつも何匹かいた。犬が友達犬を連れてくるから、一緒に散歩に連れていき、ご飯をたべさせ、ときにはお泊まりもした。子どもだってそうだった。あたしも前の夫も一人っ子だったから一人で充分と思っていたのに、あれよあれよという間に三人に増え、友達は来るし、ときには長期滞在の居候の子もいたりした。

ここ三年間は大学生がいた。一人二人と親しくつきあうというより、ポニョの母親みたいに数人数十人数百人とざっくりつきあう方が気楽なのかもしれなかった。

ところで。少し前に、疲れたときはオンラインで生協のカタログを見ると書いた。今でも見ている。でも実はもう一つ見るサイトがある。熊本の動物愛護センターの譲渡犬のサイト。引き取ろうなんて思っちゃいないけど、なんとなく眺めて、ただ夢を見る。

クレイマーとうまくいきそうかどうかというのが、まず基準になる。土佐犬混じりの十歳の雌犬とか、シェパード・ボクサーミックスみたいな五歳の雄犬とか、この子ならいいかもと考える。散歩しながら、もう一匹ここにいたらどうだろうと考えると、考えるだけで足取りが軽くなる。

こないだは雄のプードルミックスがいた。プードルミックスならきっと飼いやすい。泥だらけの足で写っていた。白い犬だろうが灰色に見えた。この泥だらけの汚い犬がどうやってクレイマーと遊ぶかなと考えながら二、三日うきうきして暮らしたが、そのうちリストから消えた。だれかに引き取られていったんだと思う。

これはどっかで見た風景、ないしは記憶と思ったら、昔、父が宝くじを買って、その後なんだかとてもうきうきしながら、何千万円当たったらああしてこうしてとずっとあたしに語っていた、アレだった。

父は妻、つまり母には語らなかったんだと思う。「当たるわけないじゃないの」とあの母なら言いそうだ。父は、だから娘に語ったんだと思う。娘は「当たるわけないじゃないの」なんて言わずに、父と一緒に、そうだねそうだねといろんな夢を見た。そしてそれは結局当たることはなく、三百円とかになることはあったが、かえってわびしく、父と私の夢はその都度、しゅーとしぼむのだった。

もちろんカリフォルニアに置いてきたニコのことは忘れてない。海外から犬を連れて入るのを犬の輸入、連れて出るのを輸出という。検疫センターのホームページに書いてある。輸入は煩雑かつ厳格で、手間もひまもお金もかかる。去年、早稲田があと一年でオシマイという頃、あたしは早まってニコ輸入の準備を始めた。ところがコロナ禍になって動けなくなってしまった。そして今、準備を今始めれば、半年後には輸入のための書類が整う、年末年始のホリディシーズンには行って連れて帰ってこられると考えて、始めたところ。

それはともかく（あまりともかくと割り切ってもいられないのだが）譲渡犬。この間あたしは、夢や空想だけでなく、はじめてアクションを起こしたのだった。

雑種の仔犬で「人なれしていませんので根気強く育てていく必要があります」と書いてあった。檻の中で、生きる希望をすべて失ってしまったみたいな表情で、その小さな仔犬がうずくまっていた。

まるでクレイマーみたいだった。クレイマーも「人なれしていません」とさんざん言われたのを引き取ってきた。そして実はうちの娘もこうだった。怖い目にさんざん遭って、何も何も信じませんという目をして、この子は犬だから将来のことは考えないが、考えることができれば絶望しているに違いない仔犬も、うちに来れば、クレイマーとメイとテイラーに囲まれて、さあどうなるか。

それで保健所に電話してみた。電話口に出た人は、今はそんなにすぐ殺処分にはなりませんがと口ごもりつつ、でもどうしても馴れない、どうしてもというときには……の語尾が消えた。今担当がいませんので週明けに電話しますと言われて、あたしは待っている。それは金曜で、週末、月曜日と連絡が来なかった。引き取ることでかかる負荷はわかっている。このまま保健所の人が忘れてくれたらいいと思う。さいそくしてみようかなとも思う。娘たちに、ホラこの犬と写真を送ってみたいが、叱られるだろうなあと思ってまだ送ってない。

どこへでもゆける花びら風まかせ

早稲田の卒業式だった。ひっそりと寂しい卒業式だった。といっても去年はコロナで卒業式がなかったし、一昨年は知らずにアメリカに帰ってしまっていた。つまりあたしにとっては今年が最初で最後なのだった。

今、知らずにと言ったが、ほんとに知らなかったかどうかあやしい。普通、卒業式は三月の終わりにある。常識ですよ。しかしあたしは長年のアメリカ暮らしで、卒業式は五月というのが頭にしみついていた。

と言ったが、それもあやしい。娘が三人、あたしが出席した大学の卒業式は次女のサラ子だけで、長女のカノコは、卒業式なんか自分も出ないから来たってしょうがないと言ってきたし、末っ子のトメのときはすっかり忘れていて、欠かせない仕事を日本で入れちゃっていたのだった。トメには文句を言われたが「だって卒業式といったら三月でしょう」と言い逃れしたのを覚えている。

ともかく卒業式には何の思い入れもなく、自分のときはジーンズ生地のジャケットに穴の開いたジーンズで、同い年のねこちゃんは「ヒッピー丸出しのドレスを着ていった、スカートのすそがほどけてビラビラしたやつ」と言っていた。そういう時代だったのだ。

当日早稲田の戸山キャンパスに行ったら、研究室は退室してしまった後だから、居場所がなかった。でも「あ、せんせー」と何人もから声をかけられた。

袴《はかま》姿が多かった。元々かわいいところに持ってきて、一人一人が思い思いの工夫を凝らして、着物や袴を選び、髪を整え、髪飾りをつけ、息を吞むほどきれいでかわいくてゴージャスだった。ところが思い思いの工夫というやつは、凝らせば凝らすほど似通ってきて、袴も着付けも似ていて、髪も同じ美容院でやったかと思うくらい似ていて、その上マスクでいちばん重要なところを隠しているから、さらに見分けがつかない。まるでWSD48か夏目坂46か、そういうアイドルグループの人々を見ているようだった。

元々かわいいだけでなく、ひじょうに個性的で賢くて才能ゆたかな子たちなのは、あたしが保証する。だから、なんだかもったいないような、それこそ若さであるからして、うらやましいような。

男子たちは就活から流れて来たようなスーツでマスクだったから、やっぱり個性という個性が隠されていたが、スーパーマリオみたいなオーバーオール姿の子がいた。素足に下駄履きで、スーツをぱりっと着こなしている子もいて、これには感心した。

しかし寂しい卒業式だった。学生は半分くらいしか来ていなかったと思う。式次第も寂しかった。主任の先生から短いスピーチがあり、他の先生たちのスピーチはなしで、先生も学生もにこりともせず、
①名前を呼ばれ、立ち上がって助手の待機しているところにいき、
②学生証をみせて認証され、
③前に出て学位授与証書を教授から無言で手渡され（このときみんなが拍手する……でもその拍手が少ないのだった）
④セルフサービスで、脇に積んである証書入れと先生たちからの贈ることばを印刷した紙を取って席に戻る。
せめてと思って、知ってる学生も知らない学生も一人一人に精いっぱい手を叩いたから手がまっ赤になってしまった。その後何人かと写真を撮って、あっけなく別れた。

あたしは今まで卒業式で泣いたことが一度もない。実は葬式でもない。父のときは泣いたが、それは父だからだ。母も夫も親しい年上の人たちも、よく生きた。人はいつか死ぬ。そのときが来た。よく生きたということを言祝《ことほ》ぐばかりだ。そう思ってきた。

早稲田の三年間、人生でいちばん楽しかった（他の楽しかったことを忘れているのかもしれない）。若かりし頃浦和の市立中で教師をやって、教師って天職かもと思ったが、不倫とか書く仕事とか、やりたいことがあって心ここにあらずだった。そして

全力を尽くさなかったことを後悔した。

だから早稲田に着任したとき、今度だけは後悔すまいと覚悟した。一度締切りに追われて授業をサボったし、学生のメールにはぜんぶ返信できなかったし、学生の詩や小説も流し読みだったし、レポートにも全員分感想を返してやれなかったが、それでも、あたしなりに必死だった。親の介護よりも、複数回の結婚生活よりも、思い残すことはない。

学生とのつながりはまだ続く。かれらが将来、離婚したり、育児に苦労したり、うつで悶えたり、依存症で苦しんだりしたら、ふとあたしのことを思い出してメールかLINEをくれると思う。しばらく会わなくなるくらいで泣く理由はさらさらない。

というわけで卒業式は終わり、あたしは熊本に帰り、ドアを開けたら、「あいたかった、あいたかった」と飛びついてくるクレイマーがいて、ポーカーフェイスで「おかーさんかえった」「おかーさんかえった」とささやく猫たちがいて、そしてその後ろに、そうっと顔をのぞかせる、例の仔犬がいた。

その仔犬、よくよく聞いてみれば、野犬の群れから捕獲された仔犬だった。どうにも気持ちを抑えられずに保健所から引き取ってきた。いっしょに暮らし始めてまだ一年にならない猫二匹。クレイマーに植物たち。そして三年間ほったらかしてあった仕事の計画も、あと何年働けるか（書けるか）、どんどん衰えてくる体力を考えたらうからかしていられない。数百人の学生たちの世話なんかメじゃないくらい、今は忙しくてたまらない。

あとがき

前々作『閉経記』では、章タイトルを俳句風に統一してみた。しょせんはタイトルということが自分でもわかっていたから、最後に句点をつけて、俳句じゃないモン俳句風なんだもんとうそぶいてみた。でも楽しかった。「蓬生の坂をゆっくり下りおり。」「おおさぶい母の呪いと娘の老い。」「お歳暮の届け物あり声ひとつ。」……よくできてるのもあるじゃんと内心思っていたのである。

前作『たそがれてゆく子さん』も、最初のうちは俳句風タイトルを心がけていたが、現実があまりにシビアになりすぎて、ある回のタイトルを「夫、マジでやばい」とつけたら、もう俳句には戻れなくなったのだった。

今回は現実も生活も落ち着いたはずだったから、また俳句風でやり始めてみたが、なんだか前みたいに楽しくないのだ。だんだん重荷になっていって投げ出したくなった頃、いいことを思いついた。学生に頼む！

ちょうど俳句をやっている学生がいる。それが平野皓大と柳元佑太。「タイトル俳句をつくって」と頼んだら快く引き受けてくれた。原稿を書いて二人に送ると、それそれ数句ずつ作ってくれるから一句選ぶ。その選ぶのがむずかしい。せっかく作ってくれたのに選ばれなかった方はがっかりするだろうなどと考えていたら、俳句の結社に入って句会にも参加している二人は「ぼくたちは選ばれたり選ばれなかったりすることに慣れてるから大丈夫ですよ」と言ってくれた。ときにはあたしから「俳句としてはいいけど、タイトルだからもっと解りやすく」「もっと明るく」とダメ出しをすることもあった。試験期間中はなかなか返信が来ないので、業を煮やして自分で作ったりもした。そして「だらだらとした調子」だの「俳句をやっていない人が考える俳句」だのと二人に容赦なく指摘されて、ヘコみつつもおもしろかった。それでこの際、あたしが作った分を、ぜんぶ添削してもらうことにした。

皺の手でちぎるこんにゃく盆の入り

・盆の料理の美味しそうな臭いがします。良いです。(平)
・良くも悪くも典型的な「盆の入り」という印象です。(柳)

もういうなわかっておるわ「暑い」だろう

・「もう」が余計に思います。取った方が意味は通じると思います。(平)
・思考能力が暑さでやられていたのでしょう。(柳)

しみつきのマットレス敷く露の秋

・だらだらとした調子がしみの粘りを思わせます。（平）

・室内なのか室外なのか判然としないように感じました。（柳）

バンビロコウ水面にうつる月の影

・抒情に堕《お》ちすぎている気がします。月の影が余計かもしれません。（平）

・「バンビロコウ」が水面にうつっているのか「月の影」が水面にうつっているのか。（柳）

晩夏《ズンバ》過ぎて顔も体もしぼみけり

・汗だくな感じがして良いのではないでしょうか。（平）

・ルビに無理があるのではないでしょうか。助詞「も」も冗長な印象があります。（柳）

身に沁むはWhatsAppかSkypeか

・秋の季語「身に入《し》む」の言い換えでしょうか？（平）

・「WhatsApp」「Skype」で「身に沁む」というのは語彙が新奇でいささか強引。（柳）

細道をたどりたどりてきのこ粥

・すこし拙《つたな》いところが句の内容に合っています。（平）

・「たどりたどりて」が「俳句をやっていない人が考える俳句」感……。（柳）

くすり湯に入ってぽかぽかあったまる

・過度に子どもを装っている感じがあります。（平）

・くすり湯に入れば当然温まるのでは、と思います。（柳）

白和えやほうれんそうが入って春

・「春」に落とさず、違う形でもうワンパンチ欲しいところ。（平）

・「ほうれんそう」は春の季語なので「春」は言わずもがな。（柳）

人は死にヨモギは残る荒野かな

・素直に冬野・枯野でどうでしょう。（平）

・対比が明瞭すぎてあざとくはないでしょうか。（柳）

春一番のぼり階段浜松町

・「春風の階段のぼり浜松町」と語順を変えれば句の体《てい》にはなります。（平）

・名詞が羅列されるため切れが複数できるのがもったいない！（柳）

絶望の大安売りだいもってけドロボー

・「だい」は過剰だと思います。季語を入れて整えたいところ。（平）

・勢いで押し切る恐ろしい力わざ！（柳）

ボヘミアンラプソディして桜かな

・「かな」にすこし違和感があります、桜も安直です。（平）

・季語が効いているのか疑問です。（柳）

クレイマーあたしといたいかクレイマー

・句というよりも呟きに近いです。季語を入れ、リフレインを消したいところ。（平）

・季語がないし「クレイマー」のリフレインも効いていない。（柳）

青梅をもぐ母ありて娘あり

・「て」が句の勢いを殺いでいます。「もいで母あり娘あり」はどうでしょう。（平）

・どんな母娘なのかもっと書き込みたい。（柳）

夏野原ゆめゆめ右折はするまじく

・「は」が冗長に感じます。（平）

・措辞《そじ》が大仰に思えます。（柳）

いちめんのクレオメオメオメあの日暮れ

・「あの」で暮鳥がさらに想起されて良くないかと思います。（平）

・「あの日暮れ」が緩《ゆる》いのではないでしょうか。（柳）

娘来て娘帰りし夜寒し

・「夜寒し」はありがちですが簡素な句で良いと思います。（平）

・娘が帰った淋しさを寒さに仮託するのはベタではないでしょうか。（柳）

夏星をニコもとほくで見てるだろ

・散文すぎるところがあります。（平）

・投げやりな印象があります。感情は物に語らせたい。（柳）

秋惜しむタイとヒラメとちゅーるかな

・「かな」止めが下らなくて好きです。（平）

・主に猫がうれしい俳句ですね！（柳）

思考能力が暑さでやられているとかすこし拙いとか下らないとか、思いっきり言われている……。これがある意味、あたしの早稲田の三年間だったのかもしれない。タイトル俳句じゃ実力を発揮できなくて、二人にはさぞやもどかしい思いをさせたと思うので、本気の俳句を一句ずつ披露してもらって終わりにします。

虫籠や昼のつぺりと隅田川（平野皓大）

夜の阿蘇山とろろ泡《あ》噴《ぶ》くは音も無し（柳元佑太）

『婦人公論』連載中は中央公論新社の小林裕子さん、単行本は同じく横田朋音さんに、筆舌に尽くしがたいほどお世話になりました。イラストは石黒亜矢子さん。描いていただいた比呂美犬とクレイマー犬、ときどき出てくる枝元なほみ犬、そして高橋源一郎犬や学生犬は、まるで写真を見てるかのように、伝わってくる感触がリアルだった。去勢前の睾丸丸出しの仔猫たちもかわいくてたまらなかった。ありがとうございました。

二〇二一年五月

伊藤比呂美

文庫版あとがき

早まったと思った。ここに入ってるのは、日本に帰ってきた六十二歳から、早稲田の終わった六十五歳の頃までだ。そこをショローと規定したら、今をどう呼べばいいのかと、六十八歳になったあたしは思う。中老か大老か。江戸幕府じゃないんだからさ。実感としてはショローが続く、ずっと続く。

こないだ中国語の翻訳者に「『閉経記』は明るくておもしろかったけど、『たそがれてゆく子さん』は暗かったですよ」と言われた。言われてどきっとした。そのとーりなのだった。人生、そういう時期もあるのだった。本作は、むしろ明るさを取り戻している。学生たちの存在が、ほんとに大きかった。

単行本のあとがきで、学生柳元や学生平野にボコボコにされた俳句だが。実はまだ続けている。高校時代、あたしは生物部だったんだけど、その仲間に、俳句をやってる子がいて（子といったって同い年のおばーさんだ。会ったってお互いにわからないだろう）、彼女をまとめ役にして、数人で、オンラインで始めた。これが楽しい。みんな生物部だっただけに、頭は理系だ。それがおもしろい。点をもらった句だけお見せします。いっぱい書いたけど、あとは軒並み0点だった。

星を見たくて出る月さへなければ
くりぬくやうな茜色霜の朝

二〇二四年五月

著者

『ショローの女』二〇二一年六月二五日　中央公論新社刊

初出
『婦人公論』
二〇一八年八月二八日号～二〇二一年五月一一日号連載

中公文庫

ショローの女《おんな》

2024年6月25日　初版発行

著　者　伊藤比呂美《いとうひろみ》

発行者　安部順一

発行所　中央公論新社
〒100-8152　東京都千代田区大手町1-7-1
電話　販売 03-5299-1730　編集 03-5299-1890
URL https://www.chuko.co.jp/

ＤＴＰ　嵐下英治
印　刷　大日本印刷
製　本　大日本印刷

Published by CHUOKORON-SHINSHA, INC.
Printed in Japan　ISBN978-4-12-207524-5 C1195